小説集

笹百合

小川 玲

笹百合

もくじ

笹百合

父のかばん

詩歌の物語

エッセイ

裂けたスカート

笹百合

遺影

奥座敷の仏壇の片隅にフレームに入った葉書大の写真が飾ってある。髪を束髪に結って小さな花柄の着物を着ている。そして、袖口を持った手を胸で軽く組み、前をしっかり見つめている。セピア色に変色しているが、鼻筋がとおり目許の涼しい顔立ちは霞んではいない。その女性が誰なのか、依子は気になって仕方がなかった。

旧家の本家だから、訪問客は挨拶が済むとすぐに仏壇を拝むことが多かった。その女性は、拝む人の顔を懐かしそうに見つめて微笑みかけるように見えた。

ある日、新家の大叔父が来ていつものように仏壇の前でねんごろに心経を唱えた後、祖母に話しかけた。

「由紀ちゃん、可哀想な子やったな。美人薄命か。いつまで経っても忘れへんこっちゃ」

「ほんとにえろう心配かけましてなあ」

と祖母が応えた。その場をすぐ打ち切るようにお茶に誘って隣の部屋へ招じ入れたので、話は後へ続かなかったが、その時以来依子の関心はますます高まった。しかし、祖母に尋ねても「若くて亡くなった妹」と応えるだけでそっけない返事である。夭折した人は他にもいるのに写真など飾ってないと依子は不審に思う。

依子が二十七歳の時、祖母が病気で床についた。執拗に尋ねる依子に、祖母は自分の死期を悟ったのか、遺影の女性のことを話してくれた。

「『由紀』といってわしのすぐ下の妹でな、隣のD村の岩島家に嫁いだ。けんど三ヶ月も経つか経たないうちに連れ合いが兵隊に行ってしまって、お舅さんと連れ合いの弟さんと三人で暮らしとった。姑さんは早うにのうなったでな。

あれは嫁いで二年ほど経った秋のことやった。朝、由紀から電話があり、着物について相談があるから帰るということだった。夕方になっても由紀が来ないので、じいさんが自転車で二里の道のりを岩島家へ駆けつけた。岩島家の話によると、近々息子さんの結婚式がある予定で、由紀は兄嫁として嫁ぶりをしなきゃならんからその時の着物の相談に実家へ行くと言って家を出た、ということやった。それから大騒動になり、知り合いや親戚に問い合わせたり、近辺を探したりした挙句、D村とこのI村の境にある堤の土手に草履が一足行儀よく置いたるのが見つかったんや。程なく堤から由紀の亡骸が見つかった……」

そこまで話すと横たわる祖母の目に滲んできた涙が一すじ眦《まなじり》を伝って流れた。

「父さんはそれが元で床に就いてしまった。あの写真は、父さんがフレームに入れて飾ったんだよ」

「ばあちゃん、今日はここまでにして休んでね」

と依子は言った。

次の日、傍の箪笥の小引き出しから白い封書を出すように言われたので、依子が取って来ると、中を読めと祖母が言った。便箋には次のように書かれていた。


……先立つ不幸をお許し下さい。今までいろいろと有難うございました。この着物を形見としてお姉様に贈ります。

えくぼが優しく、いつもりせいてきなお姉様へ……


最後の結びの文字を見ながら依子は言った。

「ばあちゃん、この・は？」

「そう、わたしもちょっと考えたよ」

「わかった。えり、襟のことね」

「襟が普通より厚くかさばってるから、端をちょっと解いてみたら和紙に書いた手紙が出て来たよ」

「その手紙はどこ？　どこにあるの？」

傍の箪笥の鍵のかかった引き出しに入っていた手紙には次のように書かれていた。

父上様
姉上様

お二人には本当のことを話しておきたくてこれを書きました。わたしは夫の弟の真一さんと道ならぬ仲になってしまいました。舅とわたしでしている農作業を、日曜には、役所勤めの真一さんが手伝ってくれました。舅は体が弱かったので、真一さんと二人で田畑の仕事をすることが多かったのです。初めは真一さんに夫の面影を重ねていたような気がします。重い物は黙って取り上げて持ってくれるような優しい人です。お茶を持って田に出、十時や三時にはお茶を飲みながら話し合ったりしている内に自然に心が通い合うようになりました。そして、稲の実る田で一線を越えてしまいました。

私たちは二人とも小さい時に母親を失っています。母親への思いを話し合うことがお互いの心の慰めになりました。それに、母親を慕う心がそうさせたのか真一さんは転生をかたく信じているのです。小鳥が飛んで来れば、これは母かもしれない、猫を見れば母が現われたのかもしれないと言う人です。死んだら人は無になると信じていた私は彼の話を聞いているうちに感化されて、今は私も転生を信じます。

私たちの仲は決して浮気ではなく真剣なものだと信じていますが、夫を裏切る行為であることは間違いありません。その償いをするのは当然です。

最近、真一さんに縁談話があり、舅が乗り気になって纏めようとしています。真一さんは私に申し訳ないと言い、結婚を拒んでいましたが、舅や親戚に押しきられたかたちでしぶしぶ承諾したようです。私たちはこの世で結ばれる運命ではありませんので、私も結婚を勧めました。私は転生を信じてあの世で真一さんと結ばれることを願います。

真一さんを恨まないで下さい。私が初めて愛した人です。二年にも満たない短い間でしたが、愛することの幸せを初めて教えてくれた大切な人です。

お父様、お姉様、今まで受けたご恩を返すことなく、この様な形でお訣れする不孝をお許し下さい。

由紀

「わたしがもっと由紀のところへ足を運んで話を聴いてやればこんなことにならなかったかもしれないとどんなに悔やんでも悔やみきれないことや。八年経った今でもそれを思うと胸が掻き毟られる。由紀も広い田んぼや畑を作って忙しくて、盆や正月ぐらいしか里帰りも出来んかったからな。ひとりでずいぶん思い悩んだやろうと思うと不憫で不憫で……」

祖母の目から涙が行く筋も伝って流れた。

「ばあちゃん、とっくに過ぎてしまったことや。そんなに自分を責めないで」

暫《しばら》く重い沈黙が続いた。

「真一さんという人はどうなったの？」

依子は気になっていたことを思い切って聞いた。

「結婚はしたけど一年も経たずに別れたらしい。今は東京にいると聞いた。何回も会ったことあるけど誠実なええ青年やった」

祖母は数日後息を引き取った。それ以後仏壇に線香を供えチンと鉦を鳴らすのが依子の毎日の習慣になった。


秋の取入れで忙しい一日が暮れ、遅い夕食を取ると、依子は疲れて早く眠ってしまった。夜中に目が覚め、トイレへ行くため廊下に出ると、満月が淡い光を落としていた。線香をあげるために奥座敷の障子を開けると、差し込む月の光にシルエットのように見えて着物姿の女性が座っていた。よく見ると、その人は袖で顔を覆って弱いすすり泣きの声を漏らしている。依子に向けた顔を見た瞬間、依子は思った。この顔は、この髪は、この着物は、そうだ、あの写真の女性だ。依子は言葉を呑んで立ち尽した。

「依子さんでしょ、いつもお線香ありがとう」

とその人は言った。

「叔母様！」

と依子は叔母の肩に手を置いた。

「なぜ泣いていらっしゃるの？」

「自分の弱さが悔やまれて……不倫の愛でも折角育てた愛をなぜ貫かなかったのかと……絶望と迷いの渦に巻き込まれてしまった私は安らかなあの世へ逃げるしか途がなかったの」

と呟いて廊下へ出た叔母はすーっと消えてしまった。まるで月の光に吸い込まれてしまったように……。


それから一週間ほど経ったある午後、依子は大叔母の由紀が入水した堤へ行った。

この辺りはかつてはたくさん堤があった。農業用水として必要だったからである。用事でここを通る度、母は私の手を握り締めて言ったものである。

「ここの堤はすり鉢状になっていて落ちたら出られんようになっとる。ここに近寄ったらあかん。ええな」

今では田を作る人も減り、二つだけになった。県道を二百メートルほど北へ入った所に一つ、もう一つはもっと奥まった所に小さいのがある。辺りは一メートルもある草が生い茂り、所々に畑が散らばっている。はずれに潅木の茂みがあり山へ続いている
件の堤は県道に近い所にある大きい堤で直径百五十メートルほどはある。周りには葦や草が

生い茂っているが、柵もしてないので、縁まで行くのは容易である。堤の水は薄緑の油みたいで魚の影も見えない。動くのは水面のミズスマシと樹を時々飛び交う小鳥ぐらいのものである。

八年前の秋の午後、ここに立って由紀は何を思ったのだろう。何を見たのだろう。ミズスマシや小鳥に転生を見たのだろうか。

あの日、由紀は三時ごろ家を出たと聞いている。秋の陽あしは速い。堤に着いたころはそろそろ陽が傾いていたであろう。翳り始めた日差しは風景に憂愁のかげを添えたであろう。夕風に立ち始めたさざ波は妙と真一の転生した幸せな姿を映したのだろうか。その時由紀は二十五歳であった。私より二歳年下だった。その若さであの世の幸せを願ったのかと、深い感慨に押し潰されそうになって、依子は重い足取りで堤をあとにした。

初午祭り

実家から久しぶりに電話があった。三月の第一日曜日に恒例の初午祭りが行われるから遊びに来てください、という弟嫁からの電話である。

父が逝き、五年前に母が亡くなってから実家に帰ることも少なくなった。たまに墓参に帰る程度であるが、それ以外にも毎年一回だけ帰る理由がある。初午祭りに招待されるのだ。

圭子の実家のある町は、戦後に市制が布かれて町になるまでは、山間の小さな村であった。しかし、村の稲荷の初午祭りは古くて賑やかなことで近在に広く知られていた。その賑わいも、大東亜戦争が激しい戦況を迎える頃にはさびれ始めた。競馬も廃止されてしまった。戦後五、六年たち、圭子が中学に進学する頃には、町を挙げての努力で少しずつ復活したが、往年の隆盛とは比ぶべくもない。それでも、圭子が毎年初午祭りに出かけていくのは、日頃疎遠になっている親戚のだれかれに逢うためでもあった。

圭子の家から実家までは車で一時間ほどかかる。

町に入ると、いつもより人影は多いが、昔はこんなものではなかったと思う。錦糸の刺繍入りの幟《のぼり》を立てたり、きらびやかな衣装をまとったりした競馬馬が馬主に曳かれて行きかえりする光景は祭り気分をいやがうえにも盛り立てたものだった。それに、蝮《マムシ》を見せる蝦蟇《ガマ》の油売りはちょっぴり怖かったけれど好奇心で釘づけにされた。ろくろ首の少女や手品を見せる小屋もあった。はぐれないように弟と手をつなぎ、父や母に連れられて珍しい物を買ってもらった。

思い出に浸りながらハンドルを握っているうちに実家に着いた。

玄関には客の履物がたくさん並んでいた。茶の間の戸を開けると、皆の顔が一斉に振り向いた。

「こんにちは」

「遅かったねえ」

「やっと来た」

末弟、二人の叔母、叔父、姪夫婦、弟嫁の母親等、毎年の常連が揃っている。

「皆さん、お久しぶり。皆に逢えてうれしいわ」

「ここへいりゃあ」

父の末妹のしのぶ叔母が横へ身をずらせて、炬燵の席を空けてくれた。

「ありがと。まず、仏様にお供えを……」

圭子は仏間へ行った。仏間を兼ねた座敷には箸や食器が並べられ、すでに会食の用意ができている。父の好んだ甘納豆と母の好物の伊予柑を供えて手を合わせた。

「ご無沙汰していてすみません。私は元気です」

心の中で言って、欄間に掲げられている遺影を見上げた。仏壇側から曽祖父、祖父、祖母、父、母の順に並んでいる。二百年続いた旧家の長男である父は、豊かな画才を持ちながら、家業の農業と製陶業を継いだ。亡くなったのも職業病の珪肺による。行年六十八歳であった。母は七十二歳で亡くなったが、この遺影は五十代に写したものらしい。着物を着て、首をやや傾けて微笑をふくんでいる顔は、田代小町と言われた頃の美貌を幾分かとどめている。田代というのは、同じ町の母の実家のある土地の字である。

母は着物が好きだった。着物姿か野良着姿の母が圭子の脳裏に焼きついている。

母は離れの部屋で二度目の脳卒中に見舞われ、誰にも看取られずにあの世へ行ってしまった。朝食のため弟が呼びに行って、息絶えている母を発見したのである。敬老の日であった。その前日、明日は敬老の日だから母を見舞いに行こうか、と圭子は随分迷った。母は最初の脳卒中で半身不随になっていたので、圭子はしばしば母を見に通っていた。結局、一週間前に行ったからということで止めたのであった。あの時行っておれば、孤独に逝かせることはなかったのにと悔やむ。

戦後十年余り、田舎ではまだ封建的な考えが残っていて、女が大学へ進学するのは珍しい時代であった。そんな中で、母は父を説得し、祖父母の反対を押し切って圭子を大学に出してくれた。これからの女性は職を持ち自立しなければと圭子が教職に就くことも勧めてくれた。

父が亡くなった時は、ある程度覚悟ができていたし、まる一日付きっ切りで看取ることができ、近づく訣別を自分自身に納得させるゆとりがあった。

しかし、母の場合はまるで違う。電話で駆けつけた時、母はすでに冷たくなっていたのである。言葉を掛け合うこともなく、唐突に永遠に母との絆を引き裂かれたことは圭子の心を深く傷つけた。母と自分との絆はこんなにも儚いものだったのか、と圭子は誰にともなく問い続けた。以来圭子の頭のめぐりにはいつも母が存在した。そして、時々、「私は突然こんなところへ来てしまった。おまえに会いたい、皆に会いたい」と囁くのである。訣れの言葉を交わさなかったから、訣れの手を振り合わなかったから、母は自分の置かれた状況に納得できなくて訴えているのだ、と圭子は思うようになった。

物思いに耽っていると、賑やかな声がして障子が開いた。どやどやと皆が入ってきて昼食になった。

ご馳走は皆が持ち寄った料理と弟嫁の手作りである。弟嫁の美恵子の押し寿司は特に評判がよかった。これは母が伝えた味だと思いながら、圭子は何回もおかわりをした。

父のすぐ下の妹で八十歳になる叔母がユーモラスな話題でもっぱら笑いを振りまいた。この叔母はここよりもっと山奥の素封家に嫁ぎ、厳格な舅や姑に仕えた人である。

「初午も昔に比べるとさみしいなったねえ」

圭子はしのぶ叔母に言った。この叔母は、圭子より四歳年上で姉妹のように育ったので一番親しい。

「昔はたくさん店が出て珍しいもん売っとったもんねえ。圭ちゃん、覚えとる？　肉桂のジュースの入ったペンダント」

「覚えとる、覚えとる。ジュースも美味しかったけどアクセサリーにもなったよねえ」

「よう覚えとるねえ。ほんならあれは？　ほれ、貝殻に飴くっつけたの……」

と美代子叔母が尋ねた。

「貝殻の細工飴でしょう。私、甘いもん好きだったから幾つも買ったの覚えとるわ」

圭子が言うと、

「この頃は、もうそういう店は出んようになった」

と、後から座に加わったすぐ下の弟が言った。彼はこの家の跡継ぎである。

「日の高いうちにお稲荷様に行こうか」

叔父が言ったのをきっかけに稲荷神社へ出かけることになった。

外に出たら思ったより寒かったので、引き返して一枚重ね着をして出ると、既に皆は三百メートルほど遠ざかっており、黒い小さい塊に見えた。圭子は急いで追いつこうともせずに周りを見ながらゆっくりと歩いた。

晴れた日で、日差しは強いが風はまだ冷たい。南に聳えている城山はいつ見ても堂々としている。城址の石積みが残っているだけだが、幼いころよく登った圭子にとって城山は故郷そのものであった。見上げるたびに何か甘やかで大きいものにつつまれる気がする。

狭い道なのに車が多い。神社で買った綿飴や袋菓子を持った子供連れや御幣を持つ男の人とすれ違ったりした。

ふと後ろを見ると、古代紫の和服のコートを着た女の人が歩いて来る。みるみる近づいて来て、圭子と目が合うとかすかに笑みを浮かべた。

「こんにちは」

と女の人は言った。柔らかくて細い声だった。四十を過ぎた年頃に見えた。

「こんにちは。お一人ですか」

圭子は並んで歩きながら訊いた。

「ええ、あなたもお一人で？」

と、その人も言った。

「いえ、皆と出かけたんですけど……」

圭子は事情を簡単に説明した。

「よろしかったらご一緒してくださいません？」

女の人は白い瓜実顔を圭子に向けた。

「どうぞ、私の方こそよろしく」

圭子は応えながら、どこかで見たことのあるような顔だと思った。

「どちらからいらっしゃったんですか」

圭子は訊いてみた。

「美並からです」

美並というのは圭子の実家のある土地の隣の字である。実家の墓があり、同級生もいて住人もある程度知っている。

「山本久美子さんてご存じですか。私の同級生でお友達だったんですけど……」

「知ってます」

と女の人は応えた。

「川の傍の岩島初代さんという方は？」

「よく知ってます」

共通の知人がいることで気持ちがほぐれた。この人を知らないのは新しく越してきたからかも知れない。なにしろ圭子が隣県のK市に嫁いでから二十年もたっているのだ。

県道を右折すると、稲荷神社の参道が見えてくる。路は急に狭くなって舗装も尽きる。参道を降りたところで道は二手に分かれており、町の中心へ向かう方は目だって人通りが多い。馬が二頭歩いて行く。一頭は優勝旗を掲げている。

「まあ、競馬がまた始まったの？」

圭子が叫んだ。

「そうみたいですね。それに御参りの人も多いわねえ」

女の人は言った。

登りの参道にさしかかると、太鼓の音が響いてきた。時々人々のどよめきも混じっている。行き交う人々も増えてきた。道の両側に立っている白い幟が風にはためいて、「荷機《にき》稲荷神社初午祭」の黒い文字が躍っている。

参道を登りきった右手が競馬場になっており、見物客が馬場を囲んでいた。二人は思わず競馬場の柵に近づいて行った。

気の柵に凭《もた》れて待っていると、太鼓が鳴り出し、騎手を乗せた馬が五頭馬場に出て来て、太い白線の手前で止まった。楕円形のレースコースは全長八百メートルあるかなしの狭さなので、馬も騎手の様子もよく見える。

太鼓が鳴り止みざわめきが静まった。群衆の視線が馬に集中した。ピストルが鳴り、五頭の馬が一斉にスタートした。

観客のどよめきの中を走って来た馬が目の前を通った時、荒い鼻息と蹴散らす土のあおりで圭子は思わず後ずさりした。五周してゴールである。一位になった馬は、優勝旗を掲げる騎手を乗せてコースを一周した。

「お参りして来ましょうよ」

と圭子は女の人を誘った。両側にびっしりと並ぶ店を見ながら礼拝所へ向かった。

「店も多くなったわねえ。去年はこんなに賑やかじゃあなかったわ」

圭子は周りを見ながら言った。

木の階段を七・八段登ると礼拝所がある。白布が敷かれた床には賽銭の札やコインがいっぱい散らばっていた。その向こうには、白い着物に赤い袴を穿いた巫女姿の少女たちがお神酒を運んだり正座したりしている。二人は賽銭を投げて掌を合わせた。参拝を済ませると北に向かって歩いた。

「まあ、懐かしい！　貝の細工飴！」

圭子は叫んで一軒の店の前に立ち止った。蛤の貝殻の中に犬や猫や鳥の形をした飴が収まっている。幼い頃大好きだった飴である。

「この猫とあの鳩を一つずつちょうだい」

圭子は迷わず買った。


店をひやかしながら歩いて行くと、人だかりのしている一画に来た。人々の肩の隙間からのぞくと、中年の男がねじり鉢巻をして、一匹の蛇を手にからませている。

「蝮だわ。こんな店も出るようになったのね」

女の人が言った。

男のそばには大きい壜が一つ置いてあり、中にはたくさんの蝮がからまっていた。

「さあさあ、皆さん、どんな傷も塗れば一発で治る蝦蟇の油だよ。蝮でも百足でもどんと来いだ。これさえあれば安心、安心。じいさん、ばあさん揃いの家にはこのいちばんでっかい瓶、たったの二千円、こちらの小さい方は千円、さあさあ買った、買った！」

男は見物客の顔を見ながら大声でまくしたてた。

圭子は幼い頃、この種の薬売りの前へ来ると、恐いもの見たさの血が騒いで足が釘づけになったことを思い出した。今も、やっぱり気味の悪さと珍しさでその場を動くことができない。隣の女の人も身じろぎもせず男を見つめている。

「薬の効き目をごろうじろ。はいはい、これは正真正銘の蝮だよ。そこの眼鏡のいい男、よく見てちょうよ、この頭、この斑」

男はこう言いながらすぐ前にいる五十がらみの男に話しかけた。薬売りは蝮の首根っこを右手でつかむと左手首を咬ませた。そして、傷口を近くの四、五人に見せてから、前に並べてある瓶の薬を塗って見せた。客は全員固唾をのんで見つめている。蝮を甕の中へ入れると、男は客の前を歩きながら左手を振ってみせた。

「ほらほら、こんなに元気もりもり。蝦蟇の油のお蔭だよ。傷の万能薬、蝦蟇の油、買った買った」

男は声を張り上げた。

「中瓶一つちょうだい」

中年の女性が紙幣を差出しながら言った。

「行きましょうか」

日が傾き始めて風が冷たくなった。女の人がある店の前で立ち止った。見ると、円筒形の色鮮やかなペンダントが沢山吊るされている。

「これ肉桂水の入ったペンダントでしょ。今でもこんな物があるのねえ」

女の人が圭子に言った。

「私小さい時これ大好きだったの。娘たちもきっと喜ぶわ。お土産に買ってゆくわ」

「お近づきの印に私にプレゼントさせて下さらない？　お嬢さんたちにあげてね」

女の人はそう言って、既にあれこれと選んでいる。

「じゃあ、あなたには私からプレゼントさせて」

と圭子が言うと、

「ありがとう。記念に大切にしますわ」

女の人は、圭子の娘たちにブルーと緑色のを買ってくれた。圭子は、「お召物によく似合うわ」と言ってコートと同じ紫のを女の人にプレゼントした。ペンダントを交換した時、圭子は女の人の手の美しさに気付いた。こんなに細くて白い手は主婦の手ではないと思った。

「あの失礼ですけど、お名前は？　わたくし飯塚と申します」

わずかな時間なのに、圭子はとても親しみを感じていた。

「天野です」

女の人は応えた。

「まあ、わたしの旧姓と同じだわ」

圭子は偶然の一致に驚いた。

買い物を済ませて少し歩くと、境内のはずれる所にサーカスの小屋がかかっていた。

「見たいけど今からじゃあ遅いわね」

圭子が腕時計を見ながら言うと、天野さんも、

「残念だわ」

と言った。

やがて北参道の石段に出た。

「冷えてきましたから帰りましょうか」

圭子が言うと、

「ええ、こちらから帰りましょう」

と天野さんは言って、二人は階段を下り始めた。帰る人が多く、狭い石段は人でいっぱいだった。

石段を下りると、道は二手に分かれている。左折すると、道は畑の間を縫って続いており、

前も後も祭り帰りの人が歩いて行く。

「仕事と家庭の両方で大変ですねえ」

天野さんが言った。

この人なぜ知っているんだろう、と圭子は思った。

「主婦業は怠けてますから、なんとかやっていけるんです」

「体が大事ですから気をつけてくださいね」

語気に真実味が感じられた。

「ありがとう。あなたもお気をつけて」

と言って西の方を振り返ると、すでに陽は山の端にかかろうとしていた。

実家の前に来た時、立ち止まって圭子は言った。

「今日はありがとうございました。とても楽しかったわ。お元気で……」

「こちらこそありがとう。ご一緒できてよかったわ」

会釈して歩いて行く天野さんが振り返った時、圭子は手を振った。天野さんも微笑んで手を振った。

家に入ると、すでにみんなは帰っていて、座敷に座っていた。天野さんの姿が見えなくなると、急に寒さが身にしみた。

「全然会えなかったねえ」

美代子叔母が言った。

「どこ寄っとったの。おそかったねえ」

「圭子叔母さん、わたしたちどっかで会えると思ってさがしたよ」

と姪も言った。

「美並の天野さんという若い女の人と知り合いになって一緒に回ったの。着物のよく似合うきれいな人だったわ」

「天野さん？　うちと同じ苗字、美並にあった？」

美代子叔母が姪に聞いた。

「さあ、わたしの知ってる範囲ではないよう」

姪が首をかしげながら応えた。

「競馬が始まったなんて聞いてなかったからびっくりした。それに、昔のなつかしい店がいっぱいあって楽しかったわ。蛇の薬売りまでいて、そこでしばらく見とったの」

圭子が言うと、みんなのいっそう大きく見開かれた目が圭子に注がれた。

「何を夢みたいなこと言っとるの。競馬なんてあるはずないじゃない。昔、競馬場だった所は遊具のある公園になっとるよねえ」

美代子叔母が弟嫁に言った。

「そう。それに、わたしたちもあっちこっち回ったけど、蛇の薬屋なんか見かけなかったですよ」

弟嫁もあっけにとられたような顔で言った。

「ねえさん、呆けるにはまだ早いんじゃないか」

弟がにやにやしながら言った。

「そんな、ひどい！　ちゃんとこの目で見たんだから。肉桂のペンダントや貝の細工飴も売ってたよ」

「そんなの売ってたらわたしだって買うわ」

美代子叔母が言った。

「証拠を見せてあげる。天野さんが娘たちにってプレゼントしてくださったの」

言いながら、圭子はハンドバッグの中をまさぐった。「ない」何回さがしてもペンダントはなかった。みんなの視線が圭子の手元に集中している。圭子は茫然として宙を見つめた。皆もおし黙ったままだった。

ふと見上げるとやや顔をかたむけた母が欄間の写真の中で微笑んでいた。

「母さん、ありがとう」

圭子はつぶやいた。

笹百合

盂蘭盆会

実家の弟から盂蘭盆会の招待状が来た。それは次のような内容だった。

今年は、父を始め死後三十三年以内の肉親の故人を招くつもりです。あの世へ逝ってしまった懐かしい肉親に逢えることでしょう。尚、人数に制限があり、一世帯に二人しか参加できませんので、残念ですがご了承下さい。

服装は黒に限らず自由です。

お布施は心づくしで結構です。

日時　平成二十三年八月十四日（木曜日）

午後六時～八時

所　高徳寺　瑞穂市稲山町四番地

（電）〇六八二（××）××××

真理子は目を疑い、招待状を何回も読み返した。すぐ弟に電話をして確かめたところ、お寺の特別なはからいで実現できたことだという返事だった。

二歳で逝った直樹に逢える。夫に逢える。父や母に逢える。どれだけ逢いたいと思ったことか。期待で震える胸を押さえ、しばらく身じろぎもできなかった。

当日三時半頃車で出かけた。実家までは二時間かかる。少し派手目の外出着にして、お布施を包んだ。

実家に着くと、弟夫婦はすでに出かけた後だった。お寺まで歩いて十分足らずである。

十年前は「村」だったのに「町」に変わったが、環境が変わったわけでもない。道は田んぼの中にあり、ぽつんぽつんと人家があるだけである。山に囲まれた盆地で、お寺は山を背にした小高い丘の森の中にある。

小さな町の寺でも高徳寺は古刹であり、近辺の町や村の檀家も擁して大きい寺である。

寺域はゆるやかな坂道から始まっている。大きな杉の並木の蔭に入ると黄昏が濃くなった。登りだけれど、枯れた杉の葉の絨毯は足に快い。五時を過ぎるとさすがに油蝉も声をひそめ、薄暮の涼しさと静寂が辺りを包んでいる。

門に入ると、本堂にまっすぐ伸びている道の両側に盆の回り提灯が灯り、赤と青の光を回らせている。盆提灯は二メートルほどの間隔で立ててあり、人の背ほどの高さがあり、辺り一面光が渦巻いている感じだ。左手に大きい池が濃緑の水を湛えて静まり、所々に咲いている睡蓮の花が、光を受けると夕闇に鮮明に浮かび上がる。

静けさを破るのは、寺を囲む森の奥深くから間をおいて聞こえる梟の鳴き声のみである。低く太く哀しみを訴えるような鳴き声だ。

本堂に着くと、階段の上には履物が十足ほど並んでいた。

入り口で受付を済まし、お布施を出して、本堂に入った。

三十畳ほどはあると思われる本堂は和室になっている。祭壇の前に僧侶が十人二列に並び経を唱えている。線香の香りが漂う中を僧に一礼して線香を供えると、真理子は弟夫婦の横に座った。

下の弟、弟嫁の実弟、叔母、叔父夫婦、大叔母の連れ合いと息子等、親戚の面々が大方そろっている。男性はスーツ、女性は色とりどりの外出着という服装で黒いものを着ている人はいない。

真理子はみんなに軽く会釈して弟夫婦の横に戻った。

十分ほど経っただろうか。全員揃ったらしく、和尚が挨拶に来て、その後、本堂からずっと奥の部屋へ全員を案内した。

奥の部屋も本堂と同じぐらいの広さの和室で、正面に阿弥陀仏の鎮座する須弥壇がある。その前に白い装束の二十人ほどの人々が半円状にすわっている。部屋に入るとみんなはそれぞれ逢いたい故人に駆け寄った。

白い装束の中に幼児が一人居る。直樹だと直感し、駆け寄って抱きしめた。

「ママ！」

と叫んで直樹は真理子に抱きついた。

涙が溢れ、溢れ、やがて止まるまでどの位時間が経ったのだろうか。まじまじと見る直樹は二歳の生前のままだった。あどけない眼差しが真理子を見つめる。

「ごめんね、ごめんね、直樹。ママがもっと気をつけてあげればあんなことにはならなかったのに」

直樹は、熱が高くて医師に診せたところ風邪だと言われ、処方された薬を飲ませていたが、急に高熱を発して痙攣を起こし、救急車で運ばれた病院で三日後に亡くなった。インフルエンザ脳炎だと告げられた。

「ボク、さびしくないよ。パパもジイちゃんもバアちゃんもいるもん」

と直樹は言った。

隣にいる夫は穏やかな眼差しで真理子を見つめている。

夫の手を取り、

「あなた！」

と言ったまま、真理子はしばらく言葉が出なかった。

言いたいことがいっぱいあった。

夫は末期の胃癌を宣告され、入院して半年で逝った。子供たちに反対されて、癌の告知をしなかった。だから、夫は何一つ言い残すこともなかったし、私も決別の言葉もかけなかった。

それでよかったのだろうかという思いは、時々フッと胸をよぎった。

普段健康に自信のあった夫は自分が病気で死ぬなどとは思わなかっただろう。入院してから、さすがの夫も「俺は癌じゃないか」と聞くことはあったが、私は「胃潰瘍」だと偽った。

だから、今、夫を前にしてまず「ごめんね」と謝るべきだと思った。

夫が亡くなったことを話した時、知人に、

「あなたが殺したのよ」

と言われ、憤慨したことがある。でも、その言葉には一分の理があると言えなくもない。

夫婦は一心同体という。そうならば、伴侶の死は一方に何らかの責任があるとも言える。

ある日、夫の遺品を整理していたら、引き出しから茶封筒が出てきた。中を見ると、職場の健康診断の結果表で、血液の精密検査を要する旨が記載されていた。夫は医師から指示されてその封筒を受け取った筈である。でも、それを握りつぶして書斎の机の引き出しの奥深く葬ってしまっていたのである。

健康診断の度毎に真理子は結果を執拗に聞いた。夫の返事はいつも異常なしだった。もともと医者が大嫌いだったし、常日頃健康で風邪ひとつひいたことがなかった。医療保険を使わなかった褒美として救急箱を貰ったことも一度や二度ではない。そんなことが自分の体に対して過剰な自信をつけてしまったと言えるだろう。職を退いてからの二年間は、真理子がどんなに催促しても健診には行かなかった。その間に胃癌が増殖したのにちがいない
　毎年健康診断を受けること、煙草をやめることなどくどく言っても聞かなかった。そういう恨みに加えて、九十歳になる母親を残して逝ってしまうなんて惨いという気持ちもある。夫が亡くなった時、姑は九十歳を越えていた。

　故人となった夫を眼前にして、哀れみ、悲しみ、謝罪、恨み、諸々の感情が渦巻き、それらが喉をふさぎ、言葉が出なかった。でも、癌の告知をしなかったことを謝らなければ、という思いが真理子を突き動かした。

「あなた、ごめんなさい。私は本当の病名をいわなかったの。癌だったのに、嘘をついてました」

「それでよかったんだよ。癌だと知ったら平静でいられなかっただろう。のんびりと公園を散歩したり、写生をしたりはできなかっただろう」

　病院の傍に大きい公園があり、一緒に散歩をしたり、写生をする夫の巧みな描線に見入ったりしたことを真理子は思い出した。束の間の悲しい団欒だと涙したことも鮮明によみがえった。

「でも、言い残すことがあったんじゃない？」

「おふくろのことだけだ。言わなくてもおまえや弟がやってくれるだろう。現にやってくれてるじゃないか」

と、夫は言って付け加えた。

「子供たちも結婚させ、近所や親戚との付き合いもよくしてくれて安心してるよ」

近所の付き合いは真理子にとって楽しいものではなかった。家がどんどん増え新しい住民も増えているなかで、その人たちとは別の原住民の付き合いがあるのである。昔から続いている正月と盆の会合、葬式には三日出なければならない。その後、七日続く夜の念仏会。神社や祠の管理運営など古来の慣習が受け継がれている
「あなたがしてほしいと思っているだろうということをしているだけよ。それしかあなたにはもう何もしてあげられないから」

「直樹をお願いね。私の分まで可愛がってやってね」

と真理子は言った。

どれほど時間が経ったのか、直樹が、

「ママだよ」

と言って、夫の隣にいる女の人を指さした。

女の人は微笑んで頭を下げた。容貌は十人並みだが優しい感じの人である。

真理子が戸惑って夫を見やると、夫は言った。

「おまえに隠していて申し訳なかったけれど、私はこの人と生前深い仲だった。私が亡くなって三年後にこの人も亡くなって、今は一緒に暮らしている。直樹の世話もよくしてくれて、直樹もなついているよ」

真理子は呆然として、暫く声が出なかった。

あの真面目な優しい夫が浮気をしていたなんてどうして信じられよう。大会社に四十年勤め、最後は重役にまで昇りつめ、責任感が強く勤勉な夫は誰にも好かれる人格者だった。でも、その仮面の蔭で私を裏切っていたのである……。

けれども、不思議に私の心の中にジェラシーや怒りは湧かなかった。別れてから月日が経ち過ぎた。去年十三回忌を済ませたところである。それに、私とは異次元の世界にいる人だ、すでに仏になった人だ、という思いの方が強かった。それに直樹を愛し、世話をしてくれるこの女性に感謝すべきだと心底思った。

「直樹と夫をよろしくお願いします」

女の人に言って、真理子は急いで父と母の前へ行った。

弟夫婦や叔母と話していた母は、真理子に言った。

「あんたも苦労するねえ、哲也さんとはよう別れて。あんな元気な人があんなに早く亡くなるなんて……」

真理子の肩を撫でながら母は言った。夫の行年六十三歳、真理子は五十七歳だった。

そういう母もずいぶん苦労の多い一生だったと思う。教官の家に生まれ、鎌ひとつ持ったことのない身で、一町の土地をかかえる旧家へ嫁いだのである。厳しい姑に仕え、夫を三度も戦場に取られ、田地を守りながら、四人の子を育てた。また、敗戦の年に一歳の子を病気で亡くしている。それなのに、大した苦労話もせず涼しい顔をしていた。

「博史をよくみてやってくれるねえ」

と父が言った。

博史は二番目の弟である。独身なので、真理子が家の掃除や食事のことで時々世話をしていることを言っているのだろう。

「私は仕事を持っていて父さんの看病が出来なかったから、せめての罪滅ぼしよ」

と真理子は応えた。

父は旧制の中学を首席で卒業し、画才があり、教師から絵画の道へ進むように言われたが、旧弊な曽祖父の反対に会い、結局、百年以上続いた旧家の農業と製陶業を継いだ。そして、中国へ三度出征した。「戦争ほど辛いものはない」というのが口癖だった。

母方の祖父母のところへ行った。祖母は八十歳まで生きたが、美しさは大して衰えることはなかった。

鶏や山羊を飼い、卵と山羊乳で家族を養った人である。動物が好きで猫も犬も飼っていた。愛読書は『シートン動物記』であった。真理子の動物好きはこの祖母の血である。

「ばあちゃんはあんたがかわいそうで……あんなにはやく旦那に別れて、それに気難しい姑を残されて……」

真理子はこの祖父場の初孫だったので、とくに可愛がられた。

「姑は口をあけた人形のようになってしまって、私も自分の息子も分からなくなってしまったの」

祖父は眼鏡をかけ、口髭を生やして、元気だった頃のままである。

「おじいちゃん、ごめんね。あまり見舞いにいかなくって……私、衰えたおじいちゃんを見たくなかったの。立派な学者のおじいちゃんを心の中にしまっておきたかったの」

祖父は大学で教鞭をとり、七十歳で退官し、その後二十年生きた。

「わかっているよ。お前がいただけで私たちは十分幸せだったよ」

と祖父は微笑んだ。

この祖父は本好きで歩く時も本を読んだ。給金は全部本につぎ込んだ。家に収蔵できなくなり、裏に図書館を作ってしまった。祖父が金を入れないので、家計が苦しく、祖父母はよく口論した。

それでも八十年余り連れ添い、夕食後は詩吟を仲良く朗詠し合った。

その横に手をつないで座っているのは、祖父母の息子夫婦である、つまり真理子の叔父夫婦だ。この修治叔父は、真理子の肉親の中でももっとも優秀で劇的な生涯を送った人である。

師範学校を首席で卒業し、体格、健康とも優秀で、軍隊に甲種合格し、大尉に昇りつめると、すぐにニューギニア島へ出征させられた。サーベルをさした立派な将校姿の写真が母の実家のアルバムにあったのを真理子は鮮明に覚えている。敗戦となり、命からがら帰国したが、マラリアにかかっていて歩くことが出来なかった。真理子の父が、叔父を負ぶって帰還船から病院まで運んだことは、後年の語り草だった。

ニューギニアで部下のほとんどを死なせたことは痛恨の一大事だったにちがいないが、生前それについて聞いたことはない。しかし、修治叔父の家の裏庭には、戦死した大勢の部下の名前が彫られた大きい石碑があり、毎日水を供えることを欠かさなかったことを思えば、その思いは察して余りある。

マラリアを克服し高校の教師をしている時、祖父の生徒であった叔母の節子と恋愛結婚をした。ところが、節子は、一人ぎりの養女であり、祖父母は一人息子を婿にやるつもりはなく、叔父も節子の家に婿入りする気はなく、つまりは、養父母からの略奪婚ということになった。狭い村では大きい話題の種となった。そのような経緯があって結ばれた二人は生涯むつまじかった。真理子の記憶の中ではいつも二人一緒だったという印象が強い。現に今も手をつないで座っている。

逢いたい、というより恋しい人ばかりだった。

父方の祖父母のところへ行った。

祖父は、惣領の甚六そのままでお人よしのおっとり型、百姓仕事に長けていて、西瓜と長芋作りが上手かった。祖父の丹精の西瓜が裏の池にぷかぷか浮いているのは実家の風物詩だった。祖母は継母に育てられ、苦労したので、真理子の母である嫁と折り合いが悪くて、離婚話が出た時も、孫が可哀想だからと反対して我慢した人である。

祖父母は百姓の傍ら養蚕を続けた。戦中から戦後にかけて蚕はいい値段で売れた。真理子も蚕の餌になる桑の葉摘みを手伝った。桑は梅雨のころ実をつける。熟すと黒紫色になり甘くなる。桑苺と呼んでいたが、口が黒くなるほど食べた楽しい思い出がある。

祖母は蚕から糸を紡ぎ機織をして娘や孫たちの洋服を作ってくれた。家事の合間に、廊下に置いてある織機にすわって筬《おさ》を動かしていた祖母、カララーン・トントン、カララーン・トントン、機織の音を真理子は今でも覚えている。織れるのはせいぜい一日に十センチほどだった。

繭を茹でて、中の蛹《さなぎ》を食べるのを祖父は好んだ。真理子はそれが嫌だった。芋虫みたいでまるまるとして栄養がいっぱいありそうだが、姿からして気味が悪かった。ましてや、それが羽化すると、厚ぼったい薄茶色の大きな蛾になる。蛹を食べるということは、とりもなおさず、鱗粉まみれの蛾を食べることだと少女には思われた。

白装束の人たちの中に見知らぬ女性を見つけた。どこかで見たことがある。思い巡らして真理子はあっと思った。実家の仏壇に長い間飾ってあった写真の人だった。祖父の妹で、隣の町に嫁いだけれど自死したと祖母から聞いた。原因は旦那の弟と深い仲になった為だということである。遺影は和服姿で、中高の眼の涼しいきれいな女性だった。妙というその大叔母の両脇にいるのが旦那とその弟に違いない。生前は激しい葛藤があっただろうが、目の前の三人は穏やかな面差しで座っている。その前で、目を赤くしているのは妙の息子である。

逢いたい人、恋しい人たちに逢えた。それぱかりではない。尊敬する人をと尋ねられたら、父や母、そして祖父母、叔父叔母を真っ先に挙げたいと真理子は思う。名は挙げなくても、家族を愛し真摯に生きた人々である。私にとって大切な人たちはみんなここにいると思う。親愛なる人、尊敬する人が現世よりこの彼岸の世界の方に多いという事実に真理子は愕然とした。現世に孤独感を抱きながら生きていることの意味を真理子は考えていた。

和尚が部屋に入ってきて、別れの時が来たことを伝えた。話し声がやみ、あちらこちらで抱き合ったりすすり泣いたりする声がした。

真理子は、ずっと握り締めていた直樹の手を離し、抱きしめてから、夫と女の人との間に座らせて女の人に深々と頭を下げた。

私はこの子を育てられなかった。この子の未来を摘み取ってしまった。この子をそちらの世で見守ってやってください。お願いします。そういう思いを真理子はお辞儀に籠めた。

そして、一同と共に部屋を出た。一同が名残惜しく見つめている目の前を僧侶がするすると襖を閉めた。

みんな無言で本堂の阿弥陀仏に礼拝すると外に出た。

盆提灯が淡い光を巡らせている参道を歩いて行くと、寺を包む森の静かな闇の底から梟の鳴き声が聞こえてきた。二度、三度、……それはまるで人間の深い溜息のようだった。

笹百合

六月に入ると、そろそろ笹百合が咲き始めると思い、洋子の胸はわくわくした。裏に出て山をよく観察すると、白い紡錘状のものが見える。あれは笹百合のつぼみだと直感する。長年の経験で的中するのだ。

洋子が幼い頃、周りの山には笹百合がよく咲いた。しかし、最近では少なくなり、隣の市や町では絶滅危惧種として採るのが禁止された。

笹百合は香りが強い。山地を好むので、平地ではよく育たない。六月の半ば頃、長さ八十センチくらいの細い茎の先に一個もしくは二、三個の花をつける。花びらは六枚、長さ十センチほどで細く、斑点も筋もなく淡いピンク色で先端は外側へしなやかに反りかえっている。楚々としたこの神秘的な美しい花が人目に触れることなく山中に咲いて散ってゆくと思うと造化の神を恨みたくなる。

近県に嫁いでから、笹百合を見る機会もなくなったが、教え子がたまに届けてくれる。連れ合いが実家の近くの山で採って分けてくれるのだ。

笹百合を見ると、幼い頃の遊び友達の誰彼や周りの山の姿が眼前に現れる。その中でもひときわ鮮やかに一人の女性の姿が彷彿とする。大叔母の妙である。笹百合と深い関わりのある事件のヒロインである。

戦争が終わり、一年が経とうとしていた。出征していた父や叔父が帰還して先に立って働くので、田植もはかどって早く終わった。

田植の手伝いを終えて帰る途中隣家の啓子に出会った。啓子は小学三年生で、洋子より一学年下である。

「ねえ、啓ちゃん、あした笹百合採りにいかん？」

と洋子が誘うと、啓子は
「いいよ。でも、もう咲いとる？」

と言った。

「咲いとる、咲いとる。妙さんがねえ、きのう採ってきて、もう家に活けたるよ」と洋子は自慢げに応えた。

妙は洋子の祖父の妹で、近県に嫁いだが、気がふれて実家に帰され、裏の離れで暮らしている。脳に変調をきたした原因は、産後の肥立ちが悪いところへ夫の浮気が重なったためだと啓子は聞いている。

色白で中高、目元涼しく、ほっそりした体に着物がよく似合った。子供ごころにも美しいひとだと洋子は思った。気がふれているとはいえ自分のことは独りで出来たし、時には洋子の弟の守りもした。甥の息子という血のつながり以上の愛し方を見て、婚家に残してきた息子と勘違いしているのかもしれないと家人は思った。言葉を失ってしまったかと思うほど無口で滅多に話すことはなかった。いつもかすかな笑みを湛える表情をしており、時には、「ほ、ほ、ほ」と笑い声をたてながら、近所を歩き回ったりするので、悪ガキたちが、

「笑いきちがい、笑いきちがい」

と囃すのを憤慨して洋子たちは、「ひどい！　この馬鹿」と言いながら突っかかっていった。

家が隣同士で、仲良しの洋子と啓子は、妙にお手玉を作ってもらったり、手作りのきれいな小袋をもらったりした。


あれは確か友達と誘い合って笹百合を採りにいった翌年のことだった。小春日和のよく晴れた日の十時ごろだった。高校生ぐらいの男の子が訪ねて来た。白いシャツにジーパンのほっそりした少年だった。応対に出た祖母が、

「どなた？」

と聞くと、

「僕はT町の本郷克巳です。母に会いにきました」

と応えた。

「まあ、大きゅうなって」

驚いた祖母は急いで祖父を呼んだ。

祖父は急いで出てきて、

「よく来た、よく来た」

と、とても喜んで、暮らしぶりや学校のこと、父親のことなどを尋ねた。

「お前は母親によう似とる」

と嬉しそうに言った。

妙は一歳に満たない子を置いて別れてきて既に十五年も経っている。お互いに話すことはいっぱいあった。しばらくして裏へ行った祖母が帰ってきて
「今、妙さん洗い物を干してるから裏へ出て顔を見せてやって」

と促したので、克巳は祖父に手をとられて裏庭に出た。

妙は、足袋を無花果の枝に干していた。洋子の家の斉藤家は旧家で屋敷が広く、無花果《イチジク》や柿、梨、棗《ナツメ》などの果樹が沢山植えられていた。無花果の樹は枝の曲線が多いので洗濯物を干すのに好都合だった。妙は干し物をいつも無花果の枝に掛けた。妙は着物を着て長い髪の毛を後で束ねてべっ甲色の簪《かんざし》で止めていた。

克巳は傍によって行くと、

「かあさん」と呼びかけた。

妙は訝しそうに克巳を見たが、定まらない視線をじっと克巳に注いで微笑み、「ほ、ほ、ほ」と声を出してかすかに笑った。

「かあさん、僕、克巳です。わかる?」

傍で祖父が言った。

「妙、息子の克巳だ。わかるか。お前に会いにきたんだぞ」

妙は、虚ろな視線を見張ったままじっと克巳を見つめていたが、なんの反応も見せなかった。

克巳は母親の手を取って暫く握りしめていた。息子に手を取られたまま微笑んでいる妙の表情は変わらなかった。

どのくらい時が経ったのか、傍にいた祖母はエプロンの端で目を抑えている。

「かあさん、僕、一生懸命勉強するからね。心配せんでもええよ。元気でね」

と言って克巳は手を離し、祖父の方を見た。祖父は克巳の肩を軽くたたき、

「ありがとう。わからなんだかもしれんけど、お前の顔はちゃんと頭に残ったと思うよ」と克巳を慰めた。

母屋へ帰る三人の姿を妙はじっと見つめていた。特に克巳の後姿に不思議そうな視線を注いでいた。

克巳が帰る時、祖父は妙の若い頃の写真とお小遣いを少し包んで持たせた。

約束の笹百合採りは、近所の他の友達も加わって四人でゆくことになった、子供だけだから、あまり山奥に行かないようにと家族から釘をさされた。

約束の翌日、四人は新聞紙と花ばさみを持って朝八時ごろ家を出た。暫く田の中の畦道が続く。すでに辺り一面早苗田となり、かすかな風にも縮緬《ちりめん》のような波が立った。足音に驚いた蛙が田に飛び込む音に大きな声を上げたり、歌をうたったりしながら山道に入る。木の葉を摘んだり、噛んだりしながら登って行く。時々鳥の鳴き声が降って来る。

早く笹百合を見つけようと焦ってみんな思い思いに歩くのでばらばらになる。迷子になるので声を掛け合って探す。空腹になって誰かが声をかけて切り上げることになった。

洋子の家の庭で、四人は大切に新聞紙にくるんで抱きかかえて来た笹百合を見せ合った。洋子や啓子より年上の二人は二十本以上採っていた。開花したものも数本混じっている。

洋子は十一本、啓子は五本だった。

「啓ちゃんに二本あげる」

と言って洋子が二本啓子に渡した。そして、良江と律子に言った。

「あんたたちも少しあげたら?」

二人は黙ったまま俯いていた。

「沢山採ったんだもん、一本ぐらいあげてもええやないの」

ともう一度催促した。

その時洋子は、妙さんが門の傍に立ってみんなのやりとりを見ているのに気付いた。

「わたし、隣の健ちゃんにも幸ちゃんにもあげるって約束しちゃったもん」

良江は笹百合を大事に抱えたまま言った。

「私も友達にあげることになってるもん」

と律子も応えた。

その時門の傍に立っていた妙さんが啓子のそばへ寄ってきて、黙って啓子の肩を優しくたたいた。

啓子が妙さんを見上げると、

「採ったげる」

と、妙さんがぽつんと言って微笑んだ。

「もう一本あげる」

と言って、洋子は一本抜いて啓子に渡した。

「帰ろう。さよなら」

洋子が言って、みんなは別れた。


笹百合採りから数日後、洋子が学校から帰って来ると、家の前にパトカーが停まっていた。

家に入ると警官が二人いて、祖父と話し合っていた。祖父も警官も厳しい表情で只ならぬ気配だった。傍らの祖母は目を赤くして俯いている。自分の部屋へ行くと、母が事の次第を話してくれた。妙さんが裏山へ笹百合を採りに行って、見知らぬ男に乱暴されて首を絞められ殺されたということだった。詳しいことは聞かなかったが、妙さんが亡くなったということが洋子の胸を引き裂いた。笹百合採りの日に、妙さんが啓子に「笹百合を採ったげる」と言った言葉が鮮明に蘇った。

「妙さんは啓ちゃんのために笹百合を採りにいったんだ」と言って泣く洋子の肩を母は黙って抱くしかなかった。

妙の死は、事情をおもんばかって克巳には知らせなかった。

その事件以来、子供たちの楽しみの一つだった笹百合採りも行われなくなった。あれから二十年以上経った今では笹百合は山から姿を消しつつあると聞いている。洋子の育ったM市でも採るのが禁止されたという。

実家へ帰り、山を眺めるたびに、山奥の樹々の陰のどこかに笹百合は咲いているにちがいないと洋子は思う。

柚子の花

笹百合

県道を右折して坂道をのぼり、また右折すると母の実家がある。

柚子の花の香りが辺り一面に漂っている。柚子の実の果肉は強い香りを持っているが、花はほんのりと優しく爽やかな香りである。花はわずかに紫がかった白色で花びらは五枚、平らに開く。十年ぶりに訪れた家の庭は昔のままで、期待した通り柚子の樹は健在で満開の花盛りだった。

家へ登る石段の左手に小さな庭がありフェンスになっているのが柚子の樹である。幼い頃数えたことがあるが、確か七本だった記憶である。柚子の樹を見ると、曾祖母に会ったような気がする。曾祖母が植え、大切に育てた樹である。実が生ると、料理に使うのは無論のこと、ジャムを作ったり、砂糖で煮て柚子茶にしたり、柚子風呂にしたりした。

曾祖母が亡くなって十五年以上経つ。享年八十二歳だった。柚子の花盛りで、柚子の花の香りの中を棺は運ばれた。以来、墓参は柚子の花が咲くころに決めている。

私が小学生の頃、曾祖母は六十五歳ぐらいだったと思うが、もう腰が九十度ぐらい曲がっていた。子供心に歩くのが辛いだろうと思ったが、こまごまとよく働いた。厨事は若い祖母よりこまめにしてほとんど曾祖母がした。

祖母は山羊を飼い、鶏を飼い、田畑を耕して母娘二人で自給自足の生活をした。娘が婿を迎えて幾分生活は楽になったが、働きづめで心労の多い生活が、曾祖母の腰をひどく曲げてしまったと思う。そのひどい曲がり腰は苦労の多かったその一生を物語っているようだ。


曾祖母は岐阜県の東濃の在の地主の家に生まれた。明治十年のことである。名前は八重、器量よしで人柄のよい働き者の評判が高く、二十キロほど離れた大地主の素封家に嫁いだ。婚家は、田畑や山林を含め広大な土地を持つ大地主で代々村長をつとめる名家だった。しかし、跡取りの、夫は大酒呑みで道楽者だった。結婚して五年たっても子宝に恵まれなかった八重に対する舅、姑、小姑の冷たい仕打ちや嫌がらせは耐え難いまでひどくなった。出ていけがしに八重のお膳を外に放り投げたり、八重の入る仕舞い風呂の湯を抜いたりした。

恒例の秋祭りの日、八重の柴田家に実家の妹が遊びにきた。その夜、寝ている妹の部屋に忍び込み、泥酔していた夫が無理やり妹を犯した。そして妹は身ごもってしまった。

村祭りから三ヶ月ほど経ったある日、妹から白い封書が届いた。

姉さん、私は身ごもってしまいました。お祭りで姉さんの家に泊まった夜、義兄さんが部屋に入ってきて有無を言わせず乱暴したのです。どうしたらよいのか父や母にも言えず毎日死ぬ思いで暮らしています。

手紙を読んで仰天した八重は夫に真偽のほどを確かめて、事実と分かった。八重の実家と婚家の柴田家との話し合いの末、生まれた子は柴田家が引き取ることになった。

夫は生まれた娘を可愛がりはしたが、舅たちは男の子が欲しかったなどと難癖をつけて八重にも孫にも冷たかった。八重は子供が欲しくてたまらなかったし、妹の子だったので、宝物のように可愛がって育てたが、舅や姑たちの孫に対する冷遇は耐え難いものだった。夫は自分の不身持で生まれた子を妻が愛して大切に育てていることに感謝の気持ちは見せなかった。三年ほど経って思い余った末八重は離婚を申し出た。名家の柴田家は離婚を認めず、傍に家を建て、別居させることにした。

慰謝料と養育費として小さな家と僅かな田畑をもらって八重は母娘二人の暮らしをすることになった。

本家のすぐ近くに家はあったが、元夫はたまに娘を抱きに来ることはあっても、舅や姑は孫の顔を見に来ることは一度もなかった。

自分が子供を産めない痛みがそうさせたのか、孫にもひ孫にも他所の子でも特に子供には優しかった。祖母、母、叔父たち、私、弟たちみんな「オタカラ、オタカラ」と言われて育てられた。八重にとって子供はお宝だったのである。他所の子供たちにも「オタカラやなあ」と言って手作りのおやつを与えたりするのが常だった。

おやつと言えば、すべて曾祖母の手作りだった。春になれば蓬を摘み蓬餅を作った。秋は茹で栗や栗きんとんを作った。干し芋や干し柿もお手の物だった。

一年に一度この地域に瞽女《ごぜ》が来た。瞽女を泊め食事をふるまうのも八重のしきたりだった。時々物乞いも来た。米や野菜や卵をたくさん与えたのでそれもしきたりになった。

曾祖母の思い出はたくさんあるが、鮮明に心に残っていることが一つある。先の戦争に負けた年のことだが、大地震があった。その時わたしはたまたま母の実家にいて曾祖母の傍に寝ていた。家族がみんな外に避難して、曾祖母も避難するように呼びかけても外に出ようとしない。祖父母が体を起こして引っ張ろうとしても拒んで動こうとしなかった。

「わしはもう死んでもええからほっといてくれ」

と言うばかりだった。子供心にとても悲しかったことを覚えている。

後年、私が大人になっても曾祖母の口から柴田家に対する恨みや愚痴を一言も聞いたことがない。むしろ周囲の者が、祖母や祖父や母などが柴田家に対する愚痴をこぼすのは聞いたことがある。

仏壇に曾祖母の位牌がないので母に尋ねたら、曾祖母は本来柴田家の人だから柴田家の仏壇に納まるべきだということで柴田家へ帰したと聞いた。とても悲しく寂しかったことを覚えている。

今思えば、曾祖母は、悲しみ、苦しみ、怒り等を乗り越えてきた覚りの境地を体得した人だったのではないだろうか。心の優しさは自ずとそこからこぼれ出た滴ではないかと思う。

真理子は、曾祖母にとっての初めての曾孫なので特に愛された。幼い頃から母の実家を自家の様にして過ごした。恩返しをせずに曾祖母はあの世へ逝ってしまった。せめてもの恩返しに一年に一度は墓参をすることにしている。決まって柚子の花の咲く頃である。

紀和の戦争

紀和は幼い時母を亡くした。その後継母に育てられた。同腹の兄と異腹の妹二人の兄妹だった。広い田畑の百姓仕事を手伝いながら、妹たちの面倒を見て、苦労しながら育った紀和は我慢強く芯の強い女性だった。

Ｅ郡のＹ村の旧家から五里ほど西のＩ村のＫ家に嫁いだ。婚家も実家と同じ旧家で大地主だった。夫はいわゆる総領の甚六でお人よしだが、真面目な働き者だった。紀和は厳しい舅に仕えながら百姓をし、四人の息子と二人の娘を育てた。

気丈で働き者の紀和は愚痴をこぼしたり泣いたりすることは滅多にないが、戦時中のＫ家の大事件を話すときは涙を流す。

太平洋戦争の末期、昭和二十年七月の中旬のことである。広い農地を持つＫ家は、冬以外は家族総出で野良仕事に明け暮れる。

田の草とりの季節だった。その頃は稲を育てるのに除草剤を使わなかった。田に腹這いになって手で雑草を抜くのである。全員で田仕事を終えて帰った夜、末娘の美穂子と嫁の春江と孫の圭子が高熱を出し、激しい下痢をした。医師に診せたところ腸チフスと判明した。原因は田で広げた昼食に止まっていた蠅ではないかと言われた。村の保健所が来て家中消毒をした。家の前を通る人たちは口を押えて小走りになった。病人の三人は伝染病専門の病院に入院することになった。村にタクシーはなかった。紀和の妹の連れ合いが陶土工場を経営しており、そのトラックに乗っていった。トラックの荷台に三人乗せられて運ばれた夜を圭子は忘れることができない。仰向けに横たわっていると、頭上の星が大きく見えて今にも落ちてくるようだった。高熱にうなされる眼に星の光は痛いほど眩しかった。

紀和は其のころ六十歳を半ば過ぎていた。親戚や隣人はうつるのを恐れて寄り付かなくなった。年老いた紀和と夫の二人は、入院する必要はなかった二人の孫を看るのに苦労した。小学校一年の男孫は腕白ざかりで食べ物を欲しがったが、医者から禁止されていた。液状に近い九分粥しか与えられなかった。空腹に耐えられない孫は、

「ばばあ、なにか持ってこい。腹へった！　死ぬ！」

と怒鳴り散らした。紀和は叫ぶ子はまだ元気があるからいいと思いながら、心配なのは下の孫だった。一歳になったばかりだった。まだ母乳が主だったのに、代わりになるミルクもなかった。この子も高熱と下痢の症状だったので、片栗粉を薄く溶かした液状のものしか飲ませ

られなかった。日に日に衰え、発病から一週間足らずで亡くなってしまった。

「私もこの子を抱いてお墓に入りたい」

と紀和は号泣した。

「男の子を四人も生んで育てたのになんの力にもならない」と紀和が愚痴ると、

「戦争に行っとるでしょうがない」と夫は言うばかりだった。

病院では二、三日付き添いが必要になった。頼むのは長女の久しかなかったので、頼んだところ婚家の許しがかなって、付き添ってくれたのだが、終えて帰宅するときになって家に入れてもらえなかった。病気がうつると舅に言われて暫く牛小屋に住まわせられた。その事実を久は母の紀和には話さなかった。心配すると思ったからだが、後年ふとこぼしたことから分かったのだった。

終戦の日から半月ほどたち、長男と三男が帰還した。病院の三人も完治して退院した。ほっとしたのも束の間、子供が亡くなったのを知らされた嫁の春江が悲しみのあまり精神に異常を来たした。夜眠る時、朝目が覚めた時など泣くことが多く家事もできなかった。一度首をくくろうとして、発見が早かったので一命はとりとめた。長男の春江の夫は母親を苦しめることをはばかり、自殺未遂は秘密にした。

そのころ沖縄からの帰還兵が口ずさんで広がったのか、琉歌が物悲しいメロデーにのって巷に盛んに流れていた。

老農婦「お千代さ」

笹百合

ポーランドの画家ベクシンスキーの作品の即身仏に似た人物像を見ていたら、一人の老婆の顔が浮かび上がってきた。張った顎をはじめ顔の輪郭がそっくりなのだ。輪郭ばかりではない。肌の色も似ている。化粧品も塗らず汗のしみこんだ肌を日差しが焼き、それが長年積み重なると、青みがかった赤銅色になる。そんな肌の色をしていた。

六十年という厚い時間の層を潜って記憶の底から現れた老婆は「お千代さ」という。私が少女の頃、お年寄りは名前の前に「お」を付けて呼んだ。「さ」は「さん」の意味の方言である。

お千代さは六十歳を過ぎてはいなかったと思う。いつも黒っぽい筒袖の仕事着に絣のもんぺを穿いていて、かなりの歳の老婆に見えたが、腰は曲がっていなかった。

周りにお年寄りは大勢いたが、特に鮮明に覚えているのは、お千代さが容貌ばかりではなく風変わりだったからである。

彼女は、田畑の肥料にするため道に落ちている馬糞を集めるのを仕事にしていたので、村でも有名だった。

村から東へ十五キロほど上ったところに、陶土の原料になる土が豊富に採れる山があり、その麓の村では、陶土作りが盛んだった。その陶土や原料の珪砂を馬車が中央線の瑞浪駅まで運んでいた。戦争直後で車などなかったから、運ぶ手段は馬車だった。馬方が一人で手綱をとる。馬のする糞が道にはよく落ちていた。お千代さはそれをスコップで掬っては荷車に積んである袋に集めて肥料にする。馬糞はただである。道路の掃除にもなる。一石三鳥である。

また、お千代さの孫と私は同級生で幼友達だった。陽子という孫は頭はよくなかったが、気立てのやさしい真面目な子だった。学校の行き帰りいつも一緒だった。五キロほどある学校からの帰り道は結構疲れた。そういう時馬車が通ると、ひそひそと耳打ちして一人ずつ馬車に飛び乗るのだ。馬車の荷台は、長さ三メートル、幅一メートルほどの箱状で、五十センチほどの柵があるが、ちょうどその柵に手をかけて乗り込むことができた。音さえ立てなければ、馬方は前を向いて手綱をとっているからばれない。うまくいくと家まで乗ったまま帰ることができた。時たま、馬糞を集めているお千代さに出くわすことがある。孫と一緒だからか、お千代さは、馬方に知らせず、にやっと笑って手を振ってくれる。

陽子がいないとこうはいかない。お千代さは馬方にしらせるのだ。

「おーい、馬方あ、悪餓鬼どもが乗っとるぞー」

馬方が振り向く。

「こらーっ」

一声で悪餓鬼どもは飛び降りる。

私は陽子の家に時々遊びに行った。初めて行った時、家があまりにも小さくてみすぼらしかったので驚いた記憶がある。

道路すれすれに建っている傾きかけた小屋の屋根には今にも飛んでいきそうなトタンが載っている。入り口の朽ちかけた板戸を開けると、狭いたたきを挟んで六畳と四畳ぐらいの部屋があり、すりきれた畳が敷いてある。家具など何もなかった。「陽子ちゃんはどこで勉強するのかな」と思ったものである。

百姓と言っても水のみ百姓だから少しばかりの田畑を借りていて、年貢を払わなければならない。お千代さの連れ合いは、とうに亡くなり、六人の子供をひとりで育てた彼女の苦労は並大抵ではなかっただろう。息子の時代になっても、貧乏はついて回り、嫁と小さな田で米を作り、野菜を作る畑を得るために山を開墾した。息子は他家の農仕事で稼いでいたが、なにしろ孫が五人おり、暮らしは楽ではなかっただろう。でも、遊びに行くと、渋柿の皮を干したものや芋切干しをおやつに出してくれた。

代わりに、私はこうせんや落花生のむしたもの、柿などをおやつとして陽子に分けた。私の家は金持ちではなかったが、地主で土地持ちだったので、食べ物には困らなかった。

陽子の弁当は、いつも、ご飯の上に、醤油をまぶしたいり豆が載っているだけだった。学校からの帰途、駆けると、残った豆がカタカタと音を立てるのが面白くて、思い出に残っている。

長年の労働がたたり、お千代さの腰はだんだん曲がってきた。さすが外仕事はできなくなったが、それでも炊事は彼女が一手に引き受けてやってくれると陽子は言っていた。

中学生になった陽子がある日お千代さに聞いた。

「ばあちゃん、ばあちゃんの楽しみって何？」

するとお千代さは、

「わしはな、おまんたち孫が元気なのがいちばんうれしいんや」

と応えたという。

やがて、私は高校に進み、陽子は近くの陶器工場に就職し、疎遠になった。お千代さがいつごろ何歳で亡くなったのか覚えていないが、枯れ木が枯れるように安らかな最期だったことは陽子から聞いた。

後年、実家から一キロも離れていない陽子の家の前を通ってびっくりした。二階建ての立派な家になっていたのである。

聞くところによると、孫の長男が陶磁器の会社を作り、社長になったということである。お千代さは天からこの家構えを見ながら喜んでいることだろう。

たぬき

笹百合

コ、コ、コ、コ、コ。
　裏で鶏が鳴いたので、たまごだと泰子は思った。すぐに抱いていた猫をおろして、裏口から外へ出た。

　東に隣接する畑の土は春の日差しに白く乾きかけていた。一握りほど残っている小松菜の茎が長く伸びて、その先に黄色の小さい花を咲かせている。

　畑の北の端に建っている鶏小屋は一坪ほどの広さである。戸を開けると、くぼみに敷かれた藁の中にほっかりと白いたまごが見えた。そっとつかむと温かい。白が匂うようである。両手に載せて温みと重みを暫く楽しむ。このたまごでばあ様にたまご焼きを作ってもらおう。真黄色の美味しいたまご焼きができる。生みたてのたまごを手にとるこのひとときがうれしくて泰子は母の実家へ来るのである。

　鶏小屋から出ると、鶏が逃げないように急いで戸を閉めた。

「たまご一つだけ？」

通りかかった祖母が泰子の手の中を覗きながら聞いた。山羊の乳が入った小さいバケツを大事そうにかかえている。かすかに湯気の立つ乳を覗き込みながら、

「たくさん出たねえ」

と泰子は目を見張って言った。山羊の乳も好きだ。香ばしくてほんのり甘い。青い草ばかり食べていて、何故こんなに真っ白な美味しい乳を出すのだろうと不思議でならない。こういういい物があるから山田は好きなんだと泰子は思う。

山田というのは母の実家のある土地の名前で、泰子の家のある田原とは直線距離にして二キロほど離れていて、同じ村内にある。泰子の家も母の実家と同じで百姓をしているが、それは副業で窯焼きが本業である。年中忙しくて動物など飼っておられない。それに比べると、山田は猫も鶏も山羊もいる。美味しい鶏肉やたまごが食べられるし、新鮮な山羊の乳も飲める。おまけに可愛がってくれる祖父母と曾祖母もいる。二人の叔父は大学生で、県庁のある市に下宿住まいをしているので、大人たちの愛情の受け皿はもっぱら泰子であった。

昼食は麦飯と野菜の煮物と山羊の乳だったが、泰子の前には先刻泰子が取ったばかりのたまごを焼いた一品が余分に置かれた。

「おまはんがもうちょっと銭入れとくれや、さんまの一切れぐらい出せれるに……。お給料のあらかた本につぎ込んじゃって、しょうない人や」

と祖母が低い声で呟いた。祖父は黙ってお茶をすすっていた。また、ばあちゃんの愚痴が始まった、じいちゃんは入り婿だから遠慮して黙っているのかな、と泰子は思う。

小学校の教頭をしている祖父は、「本好きの先生」として村では有名であった。詩も書き、村の小中学校の校歌は祖父の作詞である。書もよくし、村人に信望があるが、家庭では時々祖母になじられている。

祖父の給料の大半は本代に消えるから、飼う動物で栄養を補って家計のやりくりをしている祖母も大変だと母が同情しているのを泰子は知っていた。

昼食後、縁側で猫の蚤《のみ》を取っていた祖母が泰子に言った。

「泰子ちゃん、白髪抜いてくれる?」

「いいよ」

と泰子はしぶしぶ応えた。白髪抜きはあんまり好きじゃないけれど仕方がない。

祖母と言ってもまだ五十二歳で、村では美人の評判が高かった。栗島すみ子に似ていると親戚のだれかれが言うのを聞いたことがある。色白で目鼻立ちのくっきりした瓜実顔であった。おしゃれで毎朝必ず化粧する祖母にとって、ちらほら生えだした白髪は苦になるにちがいない。泰子に白髪を抜いてもらうのがこのところ習慣になっていた。

祖母は黒い木の柄のついた手鏡と毛抜きを持って来た。

「ばあちゃんが言うから、これで抜いて」

と毛抜きを渡しながら言った。

「抜いた白髪はこの上だよ」

と言って、ポケットから出したちり紙を縁の上に置いた。鏡を当てると、髪を掻き分けては白髪を探す。見つけて「これ」と言うのを泰子が慎重に毛抜きではさんで引き抜く。

「踊りの発表会が来週あるんだよ。泰ちゃんも母ちゃんと見においで」

と祖母は言った。唯一の趣味が日本舞踊だった。日傘をさしたり扇をかざしたりしてポーズをとっている写真が何枚もアルバムに収めてあり、新しい写真ができるたびに見せてもらった。まるで日本人形みたいだと泰子は思った。

やがて三十本近い白髪が紙の上にたまった。

「ありがと。泰ちゃんが取ってくれてよかった。何かお駄賃あげるね。干柿食べる？」

祖母は戸棚から出した干柿を菓子器に盛って、

「おあがり。甘いよ」

とすすめた。甘い物の乏しいその頃干柿は最高のおやつだった。

屋敷のまわりにある柿の木が毎年赤い実をつけた。甘い実はそのまま食べたが、渋柿は皮をむいて串に刺し、縄で吊して晩秋の日差しに干す。一ヶ月ほどたつと甘くなる。秋も深くなると、曾祖母と祖母は数日その仕事にかかりきりになる。泰子も時々手伝った。

「あしたから学校が始まるから、帰らなあかんねえ。また休みになったら来やあよ。遅ならん内に送ってくわね」

と祖母が立ち上がって言った。

祖母が出かける準備をする間に泰子は干柿を食べ、祖父のいる座敷へ行ってさよならを言った。そのあと曾祖母のところへ行った。

「もう帰るのか。淋しいなあ。ほんなら、たまごを土産に持っていきゃあ」

と言って、たまごを十こ、一つずつ新聞紙にくるんで手提げに入れてくれた。

祖母が絣のつつ袖の上着に絣のもんぺ姿で玄関に出て来た。絣の紺が顔の白さを際立たせた。

「おまあはん、そんな格好で行くのん?」

曾祖母が聞くと、

「うん、山道通ってくからついでに山羊の餌刈ってこようと思って……」

と言いながら、祖母は白い手拭いをあねさんかぶりにした。

籠を背負い、鎌を持った祖母と泰子は、祖父とばあ様に見送られながら家の前の坂道を下った。本道に出ると左折せずに道を突っ切って畑の間の畦道を下った。本道を行くと四、五十分かかるところを、山路だとその半分で行ける。畦道を下ると川に突き当たり、橋を渡ると道は登りになった。三時を過ぎても春の日はまだ高い。麦藁帽子の下の髪が汗ばみ、湿ってくるのがわかる。登り道は段々畑を縫い、時々人家の裏や門の前を通っている。

道端の草も若葉も遠くの山もすべて濃淡の緑だった。緑に染められたような日差しは、風に乱されることもなく、すべてを柔らかく包んでいた。野良仕事をする人影は時に見かけたが、道にゆき会う人はいなかった。

「ばあちゃん、草刈らへんの？」

泰子がたずねると、

「帰りでええ。あんたをはよう帰さんとなあ」

祖母は手拭いの端で額の汗を拭いながら応えて、

「泰ちゃん、蔵で何の本読んどった？」

とたずねた。山田には土蔵に古い本がたくさん並んでおり、泰子はそこへ入って好きな本を片っ端から出して読むのが楽しみだった。

「少年倶楽部、のらくろ軍曹の漫画おもしろいよ」

と泰子は声をはずませて言った。

「田河水泡か。あれはええ。叔父ちゃんたちも夢中で読んどった」

戦地で戦っている二人の息子に言い及ぶと祖母の顔が曇った。

道は幅が三メートルほどの山路へ入った。

「ばあちゃんねえ、ファーブルの昆虫記が大好きや。あれはおもしろいよ。あんたも読んでみやあ」

「ばあちゃんは生きものがすきだもんね」

山路にしては珍しいまっすぐな道が続いていた。遠くに人影らしいものがぽつんと見え、だんだん近づいて来るのを見るとそれは坊さんだった。祖母が泰子の手を取り、ぎゅっと握って立ち止まった。そして、握った左手で泰子を後ろへかばうようにし、道の左端に寄って坊さんが近づくのを待った。

泰子は祖母の様子をいぶかしく思ったが、それをたずねるゆとりはなかった。

坊さんは黒い衣を着て左手に数珠を持っていた。色が黒く、大きい丸い眼がいかつい感じを与えた。目の前を通り過ぎる時二つの強い視線が祖母に注がれた。とその瞬間、祖母が右手に持った鎌を振り上げて叫んだ。

「おまあはたぬきやら」

「そんなもんじゃない」

坊さんは眼を伏せて、低い静かな声で言い、そのまま同じ歩調で歩いて行く。鎌を垂れて茫然と見つめる祖母と泰子に悠然とした後姿を見せて遠ざかって行った。そして、道の折れたところでふっと消えた。祖母が泰子の手を引っ張り、追いかけて走った。道の曲がり角まで追って行って見たが、姿はなかった。白い道が伸びているだけだった。祖母と泰子は顔を見合わせた。青いものが祖母の眉毛のあたりに漂っている感じがした。どこかでうぐいすが二声鳴った。

後年、あの頃の祖母と同じ年になって、泰子は時々あのたぬきの件を思い出す。今の自分に比べて、祖母は何と若々しく美しかっただろう。男に化けてみたかったたぬきがいても不思議ではない。祖母だって狐の生まれ変わりだったのかもしれないのだ。

年齢

冬空に柿の木が黒々と交叉した枝を広げている。今は柿の実は一個もないが、去年の十二月頃は取り残しの実がたくさんあって、鳥たちのご馳走になり賑やかな宴の場となった。富有柿で甘く、木が古いのか甘味が強い。すぐそばに渋柿の木があるが、それには見向きもしない。鳥も甘いものが好きなのだろう。すると、鳥の嗜好も人間に似ていると言えようか。

メジロやヒヨドリ、カラスなどが毎日来て実をつついて食べた。

メジロは、ピーピーと鳴きながら身の倍ほどもある実を啄《ついば》むと、必ず周りをきょろきょろ見回す。何かを恐れているかのように左右を見る。そしてまた啄ばむ。こんなに美味しい物がたらふく食べられるのを咎めて何かが襲って来るのではないかと心配しているのだろうか。

それと対照的なのはカラスである。カラスは、枝を揺らしてひょいと止まるとすぐに平然と柿の実をつつく。太い大きい嘴《くちばし》で啄ばむので実が揺れる。めったに鳴かない。ただひたすら苛めるようにつついて食べる。こわいものなしという感じで悠然と啄む。

ヒヨドリは枝に止まると、胴ほどもある長い尾羽を誇らしげに揺らせる。近辺にはヒヨドリが多く、いつも目にする。この鳥は羽の色も黒やこげ茶色で美しくない。その代わり尾羽が長く、先に向かって細く切れており、美しい形をしている。自身も心得ているのか、しばしば誇らしげに尾羽をそらし、揺らせる。

柿の木に止まったヒヨドリはピーチュクチュ、ピーチュクチュと鳴く。子を呼ぶのか、友達を呼ぶのか。それから、実をつつき始める。時々ピーッ、ピーッと鳴く。メジロのピーピーとは声音が違う。体もメジロの三倍ほどもあるので、声も大きいが、細くかん高く、空を突き刺すような鋭い声である。

五十個ほど残っている柿が食べ尽くされるまで三日にあげず見ていて、ある日珍しい鳥がついと枝に止まった。ほっそりしていて、胸から腹にかけてブルーの色をしている。ルリビタキである。ルリビタキは柿をつつくこともなく、一、二分で飛び去っていった。

「柿なんかガツガツ食べないわよ」と言わんばかりだ。セレブ気取りと言うべきか。それにしても、セレブの風格十分な鳥である。

芳樹が来たら、この鳥たちのことを話そう。芳樹も鳥が好きだから喜ぶだろうなと思う。山里の麓にあるこの陋屋《ろうおく》に住む洋美にとって話し相手は芳樹と飼い犬の小次郎ぐらいのものだった。隣家は三軒のみで町の中心とは二キロ近く離れている。

こんな人里はなれた不便なところに住むことになった経緯をたどれば、洋美の頭に嵐が吹きまくる。芳樹の両親とのトラブルを避けるようにして山奥に居を定めた。母方の祖父母が住み、跡をついだ叔父夫婦が住んでいたが、息子と同居するために他所へ移り、空き家になっていた。

そもそも、二人の馴れ初めは、洋美が長年勤めた市役所を退職することになり、退職金目当ての信託銀行からの勧誘だった。その係になったのが芳樹だった。

彼は退職金の有効利用と安全管理のために親身になって相談にのってくれた。大学を卒業してU信託銀行に入行して十五年の中堅だった。

初対面で書類を書いたとき、洋美の生年月日を見て、

「十歳以上若く見えますね」

と芳樹が言った。お客に対するありきたりのお世辞だと洋美は思った。

夫を亡くして十八年、洋美は娘と息子の二人を育て、大学まで行かせて、三年前にやっと二人とも独立させた。その間、育児と勤めだけに追われて、世の中に男がいることさえも忘れていた。そんな洋美にとって、芳樹の親切は身にしみた。洋美が退職金の一部で預けた投資信託の現況報告で芳樹が家庭訪問に来ると、コーヒーを出したり、時にはランチを一緒に食べたりした。重い灯油缶を運んだり、高い所の作業などを代わってくれたりした。いつか芳樹がヨッチャンになり、洋美がヒロチャンになっていた。ビジネスの付き合いが愛情に変わるのに一年は要らなかった。

芳樹と洋美は年齢が二十三歳離れている。しかも、洋美のほうが年上である。

「僕たち、結婚できないだろうか」

ある日、芳樹が唐突に言ったとき洋美はびっくりした。

「私たち何歳離れていると思うの。二十三歳もあなたのほうが年下よ」

「そんなに離れているとは思えないよ」

と芳樹は言ったが、洋美は相手にしなかった。

「僕には姉がいないから、年上の女性は憧れだよ」

洋美に迷いはあったが、頼れる唯一の男性として、芳樹は離れがたい存在となっていった。

洋美は気が進まなかったが、芳樹の懇請に負けて、挨拶を兼ねて芳樹の両親に結婚の許しを得にいったとき、母親にのっけから言われた。

「いくら今、年の差婚や年上女房が流行っていると言っても、自分の年をよく考えてごらんなさい。二十・歳の年上女房なんて聞いてあきれるわ。芸能人だってそんな例はないわよ。息子はあなたにたぶらかされたのね」

芳樹が言った。

「僕がこの歳になって初めて愛したひとだ。別れることはできない。許してくれ」

父親が言った。

「お前は一生子供を持てなくてもいいのか」

「子供のない人はいっぱいいるよ。僕はこの人なしでは生きていけないんだ。気障《きざ》なようだけど、未来の子供より現在の愛を選ぶよ」

母親が洋美に言った。

「私は五十九歳よ。あなたより一歳若いのよ。姑より年上の嫁がどこの世界にあるの。十年経ったらあなたは何歳になると思うの？　七十歳でしょう。芳樹に介護させるつもり？」

「お言葉ですが、私は丈夫ですので、十年たっても要介護になるようなことはないと思います。たとえそうなったとしても、芳樹さんに苦労をかけるようなことはしません」

「人間、十年先はわからないわよ」

「私は年金もありますし、不動産もすこしばかりあります。経済的に芳樹さんにたよらなくてもやっていけます。体が不自由になったら、ケアハウスに入ります」

芳樹が、

「親孝行は兄貴と弟に頼むから、僕のことは諦めて」

と言うと、父親が応えた。

「どう考えてもこの結婚を認めるわけにはいかないよ」

洋美はその場で土下座して言った。

「どうか許してください。私は芳樹さんを幸せにする自信があります」

結局最後まで両親は首をたてに振らなかった。

芳樹の両親から結婚を強く拒絶されて以来、洋美は芳樹を諦めようと決心し、芳樹からのケータイにも出なかった。メールに応えることもやめた。あまりにも頻繁に来るメールを無視するのも辛くて、次のメールを送ったきり、洋美は芳樹との交際を絶った。

――私は年齢のない世界へ行きたい。もし転生が可能なら、自裁して生まれ変わり、妙齢の女性となってあなたの前に現れたいのです。――

芳樹からのメールも間遠となり、そして途絶えた。

月二回の書道教室の仕事を終えてカルチャーセンターを出ると、夜風の冷たさが身にしみた。店舗の並ぶ街路の一画が歩道まで明々と照らされ、形も色も様々なチューリップが並んでいる。一月の半ばというのに、そこだけ春が舞い降りたようだった。薔薇や百合のような珍しい花形に目を奪われていると、肩をポンと叩かれた。振り返ると男が見下ろしている。

芳樹だった。蛍光灯の照明を受けている浅黒い面長の顔はまさしく芳樹だった。一年以上も前に暗い記憶の淵に沈めた男の顔が目の前にあった。懐かしさと怖れに涙ぐみそうになりながら、洋美はそこから逃げようとした。小走りに逃げる洋美の後を芳樹が追いかけて来る。洋美は本心逃げたかった。また、今さらという思いがあった。芳樹に追いつかれて肩を抱かれた時、洋美は思わず芳樹の胸に顔をうずめていた。

カフェは静かだった。

「元気だった？　僕は相変わらずだけど……」

「ええ、まあなんとか……」

しばらくの沈黙のあと洋美は付け加えた。

「今、田舎の祖父母の家でひとりで暮らしているの。世の中がいやになって、自然の中で暮らしたいと思って……」

「その節はごめんね。あれから、親父やお袋とよく話し合ったよ。許してもらえなくても、僕の気持ちは変わらない。結婚しよう」

「いいえ、結婚する気はないわ。もう諦めましょう」

「なぜそんなこと言うんだ」

「ご両親のせいじゃないの。よく考えてみたけど、私はもう子供は産めないでしょ」

「子供はなくたっていいよ」

「結婚したら、お互い醜い面もさらし合うことになるわ。愛し合うという純粋な熱情がずっと保てるかしら。子供があれば、それが絆となって夫婦という関係を断ち切ることはないかも知れないけれど、それはもう愛とは言えないでしょう。夫婦が共同生活者に過ぎないという例がいっぱいあるわ。子供がなかったら、その絆さえないわけでしょう。愛もなく絆もなくお互い傷ついて別れることになるわ。私はあなたとそういう形で別れたくないの。あなたは私にとって、生きている限り恋人であってほしい」

「僕だって同じだよ。あなたは僕にとっていつまでも恋人であり愛人であってほしいよ」

「でしょ。だから、ずっと恋人同士でいましょうよ。あなたが若い人と結婚しても私祝福するわ」

そんな話し合いがあってから、結婚問題はいつの間にかタブーとなった。

今日は土曜日、芳樹が土曜日に来て日曜日に帰る習慣がずっと続いている。

ふたりで柿の木を見上げる。柿の実はすっかり食べ尽くされ、鳥もめったに来なくなった。黒褐色の細い枝や太い枝が複雑な曲線や直線を描き、縦横に交叉している。実の食べ残しや蔕《へた》が丸いアクセントとなり、浅葱《あさぎ》色の空をバックに柿の木はそのまま一幅の抽象画のように静まりかえっている。

題をつけるとすれば、鳥たちの宴の場であった日々を懐かしむ「宴のあと」、それとも、実を鳥たちに与え尽くした「充足」、もしくは、春の準備をしている「待春」となろうか。

女教師

入学式の日の職員室は雰囲気が新鮮さに溢れている。フレッシュな新一年生と転入の教員を迎えるワクワク感がみなぎっている。また、学年やクラス分担が発表されるので、期待感や一抹の不安も混じる。皆いつもより早く出勤している。

始業のチャイムが鳴り朝の打ち合わせが始まった。開口一番司会者が言った。

「転入の先生方をお迎えします」

校長を先頭に六人の教員が入ってきた。男性が二人、女性が四人だ。

校長が言った。

「今年本校にお迎えした先生方です。自己紹介をしてもらいます」

自己紹介が続き、五人目にあたる女性が、

「浜田かおりと申します。S小から参りました。大学を卒業したばかりの新任教員としてK小に五年勤めました。本校はグランドも大きく緑も多く素晴らしい学校だと思いました。教員としてまだまだ未熟な者ですのでよろしくお願いいたします」

と挨拶した。

四人の女性の中で一番目立つ人である。特に美しいというわけでもないが、他の三人とちがって薄化粧をしている。身に着けているスーツの型や色もセンスがあり、コムデ・ギャルソンのものではないかと思った。

紹介が終わると、転入の教員は空いた席にすわり、本日の予定の確認をし、それぞれ入学式のためグランドへ出た。

入学式の後、担当学年と学級担任の発表があり私と浜田教諭、後二人が四年担任になった。

新学期が始まり、浜田教諭とは同学年なので、彼女と接することが多く、一緒にお茶をしたりして彼女の生活について知ることも多くなった。実家は長野県の在にあり、マンションで一人暮らしをしているとのこと、愛知教育大出身であることなどを話してくれた。

一緒に働くようになってから間もないのに、彼女の教育熱心なのに驚いた。シルバーのレクサスに乗って、ヴィトンのバッグを提げ、毎日始業三十分前に出勤する。夕方は七時過ぎまでデスクワークをしている。ジュンコ・シマダのズッカのブラウスをさりげなく着ているが、十時の休憩前にトレシャツとトレパンに着替えてしまい、十時の二十分放課や昼の休憩時間はグランドに出て子供たちとボール遊びをしたり、追いかけっこをしたりして遊ぶ。先生たちはティータイムの休憩をとることが多いが、彼女はめったに職員室にいない。これが若さなのだろうかと五十歳を過ぎた私は感心する。

始業式から一週間ほど経ち歓送迎会が行われた。車を運転しないのが原則だが、私は全然飲めないので車で行った。帰途浜田教諭を乗せて帰った。

「新しい職場はどう？」

と聞くと、

「とても楽しいわ。子供たちも可愛いし……」

と彼女は応えた。

「朝、目が覚めると、今日も教室であの子供たちに会えると思って嬉しくなります」

と付け加えた。

家の近くに来たのか彼女が言った。

「ここで結構です。有難うございました」

「この近くなの？　遅いし暗くて物騒だから、すぐそばまで送るわ」

「大丈夫です。ここでお願いします」

と彼女は強い口調できっぱりと言った。

後姿を見送って後部座席を見たら、スマホがあった。彼女のだと思い、それを持って後を追った。足早な彼女の姿は随分向こうにあり、私は急いで追った。五百米ほど行くと彼女は、平屋のトタン葺きの古い木造の三軒長屋の左端の家の前に止まり戸を開けて中に入った。私は声をかけようと思って止めた。隣の二軒に灯が点っていたので夜目にも分かったが、今頃こんなみすぼらしい住まいがあるのかと思うほどの陋屋《ろうおく》で、強風が吹けば倒れそうな小屋ともいえる家だった。レクサスの駐車場はどこにあるのだろうとあたりを見回したが、それらしい建物も近くになかった。何か悪いものを見たような後ろめたさを感じながら、私は黙ってそのまま立ち去った。

防人《さきもり》物語

鶏の時を告げる声で目が覚めた。

大仏殿の建築工事に出かける息子の多麻気のために朝食の用意をする。玄米に赤米を混ぜたご飯と味噌汁にゆで卵を作る。桔梗は赤米が好きだけど、貴重なものなので少ししか使えない。赤米を入れるとほんのりと赤くたきあがり、色が美しい。

朝食を済ませた多痲気におにぎりを渡して庭先まで送り出す。息子の後ろ姿を見ながら、よくこれまで育ってくれたと思う。多麻気は今年十六歳になるが、この子を育てるために石川麻呂と桔梗は必死で働いてきた。

二人には悲しい過去があった。桔梗は早く両親を亡くし、伯母の家に引き取られた。八歳だった。伯母には桔梗より二歳年上の一人娘があった。その従姉妹が十七歳になり、婿養子をとった。何かにつけ桔梗に冷たくあたる伯母と従姉妹に反して、入り婿の石川麻呂は桔梗に優しくしてくれた。肉親の優しさに飢えていた桔梗は石川麻呂に魅かれていった。

伯母は年だからと田畑に出るのを嫌がり、従姉妹は野良仕事が嫌いで、百姓仕事をするのは主に石川麻呂と桔梗だった。そして、ある日、二人は野良仕事に出た畑で道ならぬ仲になってしまった。一度きりの交わりで桔梗は妊娠した。それが原因で二人は家から追い出され、逃避行をして山奥に辿り着いたのであった。

見知らぬ所だったけれど、口分田がもらえたので、山の木を切って、小さな竪穴住居を建てた。田畑を耕し、鶏を飼い、自給自足で何とか生活できた。収穫の三パーセントの稲を納める租税はそれほど負担ではないが、都に出て働かなければならない税は苦しかった。六十日間の労働を課せられる「雑徭《ぞうよう》」、三年間朝廷の雑役をする「仕丁」税で夫が留守の時、幼い多麻気を抱えて独りで過ごした心細さを忘れることはなかった。傍に藁を敷き赤子をその中に寝かせて、野良仕事をしたこともしょっちゅうだった。

多摩気が六歳になると、一人分の口分田が支給され、暮らしも幾分楽になった。

息子の次に、夫を田仕事に送り出した後、藁草履を作っていると、「ごめん」という声がした。入り口を見ると、里長《さとおさ》の顔が、あげた菰の下から覗いていた。

里長は中へ入ると、木簡を見せながら

「石川麻呂さに兵役命令じゃ」

と言った。

桔梗は金槌で頭をがんと叩かれた気がした。とうとう来たか。恐れていたものが遂に来たか、桔梗は暫くものが言えなかった。

その日夕方まで桔梗は何も手につかなかった。集落の人々の話によると、兵役は防人《さきもり》と呼ばれ、大宰府の警護をしたり、唐や新羅の攻撃に備える軍事力になるという。集落に二人防人になり、大宰府に行ったが、規定の三年が過ぎても帰らず、消息不明だという。

夕方、夫が帰るのを待ちかねて、桔梗は木簡を見せた。夫は暫く黙っていたが、

「仕方がない。命令に従うしかない」

と言った。桔梗は、一日中考えていたことを口にした。

「どこかへ逃げましょう」

「それはできない。そんなことをしたら、多摩気の将来はどうなるのか」

桔梗には返す言葉がなかった。

大宰府までの食料も武器も自分で用意しなければならなかった。その準備に四、五日かかり、いよいよ出発の日が来た。

桔梗は多摩気と集落の出発所の広場まで送って行った。他にもう一人防人に行く人があり、十数人の人々が集まっていた。励ます言葉や別れを惜しむ声が飛び交う中に、一際かん高い女の人の声が桔梗の耳を刺した。

「防人に行くのはどなたのご主人なの?」

桔梗は、その声の主を憎しみに近い目で見つめた。思わず次の歌が口からほとばしり出た。

防人に行くは誰《た》が背と問ふ人を見るが羨《とも》しさ物思《も》ひもせず＊1

誰か知らないが、こんな大事に傍若無人な大声を立てて、無神経な人だと桔梗は憤慨した。夫を防人に取られる妻の気持ちを思いやる心が少しでもあるだろうか。

夫が旅立ってから、十日ほど経った。桔梗の心を占めたのは、夫の隊がどのあたりまで行ったのかということだった。ここ駿河から難波津までは歩いて半月はかかる。途中、熱を出したり疝気をわずらったりしていないだろうか。難波津から船に乗り、無事に航海できても大宰府までは二十日はかかるだろう。そんなことを考えていると、気が遠くなる思いがした。

日毎に寒くなってきた。十二月に入ると雪のちらつく日もある。夫は雪の降る夜は無事に過ごせるかしら。隊の長は、寒い夜は、お百姓が物置に使う小屋を借りて泊まるから心配しないようにと言ったけれど、うまく借りられるだろうか。

ある朝、起床して戸を開けると、雪が一寸ほど積もっていた。道理で夕べは一晩中静かだったと思う。樹に積もった雪が白い花を咲かせたようで、朝日に光ると眩しいほどだった。しばらく雪景色にみとれていたが、旅にある夫のことが気がかりになってきた。小屋に宿ることができただろうか。何も手につかずぼんやりと外の景色をみつめていた。

小半時も経っただろうか。白いものがちらほらと降ってきた。気がつくと、日は鉛色の空に隠れてしまい、雪が視野をさえぎるほどに降り始めた。

桔梗は思わずつぶやいた。

天霧《あまぎ》らひ降り来る雪の消えぬとも君に逢はむと流らへ渡る（10・二三四五）＊2

多麻気が帰宅したのも気づかず、桔梗は雪が降りしきるのをぼんやりと眺めていた。

＊1　歌意「防人に行くのはどなたのご主人なの」と、尋ねている人が羨ましい。思いわずらうこともなく。

＊2　歌意　空をかすませて降って来る雪は消えても、私はあなたに逢うために流れながらも渡ってゆく。

父のかばん

父のかばん

通学の朝の電車は混雑するが、前の方の車輌か後ろの方の車輌は幾分空いている。N市のO駅までの五十分を立ちっ放しは疲れるので、一番後ろの車輌に乗り込んだ。辛うじて座れたのでほっとして斜め前に目をやると、顔見知りの楯《たて》さんが乗っていた。光沢のある渋いチャコールグレーのスーツを着て膝の上に黒皮のかばんを置いている。

「お早うございます」

とみどりが頭を下げると、

「座れたね」

と恰幅のいい顔が笑った。

「大学生活はどう?」

と尋ねた。

「まだ一ヶ月なのでよく分からないけど、今のところは楽しいです。真由美ちゃんは元気ですか」

「ありがとう。元気だけが取り柄でね。たまには遊びにおいで」

と楯さんは言った。

真由美はみどりの中学の同級生である。隣町の短大に入ったことを聞いている。家も字が隣同士なので、みどりの母も真由美の母とは知り合いである。

「君、書道用品の『幽玄堂』知ってる？　わたしはそのN支店の専務だけどね、今度こういう新しい墨汁を売り出したんだよ。いい色で滲みもきれいに出るというのがキャッチフレーズでね」

と言って、楯さんは小さい箱入りの墨汁をくれた。

O駅で別れて、私鉄に乗り換えたみどりは、楯さんのことを思い巡らしていた。髪に白髪がまじっていて太りじしだけど、なかなかいい男だな、まあ紳士の部類に入るかと思った。

中学を卒業して以来会っていない真由美やその母親のことを懐かしく思いながら、ぼんやりと窓外の風景に目をやっているみどりの脳裏に楯家にまつわるいろいろなことが蘇ってきた。

楯さんの母親は芸者をしていて、大会社の社長に落籍《ひか》され、楯さんを産んでこの町に引っ越してきたこと、時々その旦那らしい立派な身なりの男が来ること、田舎のその種の噂話は、疾きこと風の如し、で知らない者がないほど定着していた。背広をりゅうと着て皮カバンを提げたいい男でほれぼれする、などと近所の主婦が言いふらして、ひときりその話で井戸端会議が盛り上がったそうである。これは五十年近く前のことで、祖母から語り伝えられた話である。

また、みどりの母が、四、五年も前にこんなことも言っていたのを思い出した。

「真由美ちゃんのお父さん、N市の大きい会社の偉い人らしいけど、どうしてあのお母さんはあんなになりふり構わず働くんやろう。昼間は近所の野良仕事を引き受けて、夜は内職、あれじゃあ、体が持たん」

そういえば、中学校時代、真由美はよく給食費を忘れたなとみどりは思った。

小学生の時、遊びに行っておやつにこんにゃくゼリーを頂いたこともあった。

午後が休講になった金曜日、みどりは誘われて、K市の友人の家へ行くことになった。N駅から私鉄に乗り、バスから街を眺めていたみどりは、バス停の傍の籠から空き缶を漁っている男に目を止めた。栖さんだ！　一瞬目を疑った。目深にかぶった帽子のひさしのかげから覗く豊かな頬や締まった口は紛れもなく栖さんである。着古した菜っ葉服に汚れたズック靴を履いている。発車したバスから振り返ってみると、栖さんは空き缶の入った大きいビニール袋を自転車のハンドルに縛り付けていた。


K市での目撃事件の後も、駅やホームで栖さんの皮カバンを提げたスーツ姿を見かけたが、みどりは会うのを避けるようにした。菜っ葉服に帽子とズック靴が詰め込まれているに違いない黒皮のカバンは、みどりにだけ聞こえる声で囁くだろう。

「父親は男にとって憧れでありライバルなのだ」と。

空港

空港の三階にある喫茶室は空いていた。出発まで一時間もあるし、しばらく日本を離れることだから、せめて空港ぐらいゆっくり見ていたいと美佐子は思った。夫の直也と美佐子はドイツに永住するために、日本を離れようとしていた。

二人は一ヶ月前に結婚したばかりである。再婚同士なので、親戚や知人を招いて簡単な披露パーティーだけですませた。美佐子と同じ、今年五十歳になる直也は、N市の交響楽団のメンバーだったが、長女の志保の大学のオーケストラクラブの指導者も兼ねていた。クラシックの好きな美佐子は、N市交響楽団の演奏会や長女のクラブの発表会に必ず出かけて行き、そこで直也と知り合ったのである。長女はオーケストラクラブでホルンを吹いていた。美佐子が渾身の力で吹いてもフッともいわないホルンを自由自在に吹きこなし、深い音色を出すことのできる直也は、美佐子にとって尊敬の対象であった。偶然に街で出会ったあの日がなければ、直也はずっと尊敬の対象でありつづけただろう。

離婚して三ヶ月ほどたったある日、デパートに買い物に出かけ、エスカレーターを降りついでいる時、後ろをずっとついて来る男に気づいた。時々そっと美佐子の顔をのぞく気配なので気味が悪くて、エスカレーターを降りたところで、向きなおってキッと顔を見たら直也だった。

「まあ、瀬尾さん！」

「やっぱり正村さんでしたね」

二人の口から同時に出た言葉である。お茶を飲みに入り、席につくと、

「やせられましたね」

と開口一番直也は言った。

「いろいろありまして」

「志保さんはお元気ですか」

「四年前に結婚しまして、今S市に住んでいます」

「ホルンは今もつづけていますか」

「全然です。つづけてやったらといつも申しますけど……、育児と主婦業で精一杯みたいです」

「妹さんがいらしたですよね」

よく覚えていてくれると美佐子は思った。

「あの子も一年前に結婚しました」

「じゃあ、もう安心ですね。ご夫婦二人でのんびりと」

ここまで会話が進んでくると、離婚したことを話さないわけにはいかない。

「実は三ヶ月前に離婚しました」

「そうですか。ぼくはワイフに死なれてから、子供もいないので一人暮らしで二十年になりますが、独身も呑気でいいですよ」

直也の個人的なことは初めて聞いたが、明るく話す表情にはやせがまんのようなものはなかった。

「私もこれからは自由に自分のために生きていきたいと思います。また、コンサートにも行きますわ。今もあそこで?」

「そうです。でも、今ドイツ行きの話が出ていますので、ドイツへ行くことになるかもしれません」

「と、いいますと?」

「ドイツのワーグナー楽団からホルンの奏者を一人メンバーに、と言ってきてますので、ひょっとすると行くことになるかもしれません」

「いいですねえ。わたくしも、日本を離れて遠くへ行ってしまいたいと時々思いますわ。人生ってどうしてこんなに煩わしいことが多いんでしょう」

美佐子は自分の気落ちがのびのびと伝えられる喜びを味わった。

半年後、二人は結婚した。

窓ぎわの席にかけて、外を眺めた。小春日和の午後の日差しに、一定の間隔をおいて離陸する飛行機がいぶし銀に染め上げられるのを美佐子は眩しいと思った。見送りに来てくれた二人の娘たちと先ほど別れたばかりで、乾いた涙のあとの瞼にはその日差しは強すぎた。

「いよいよ日本ともお別れだなあ」

と直也が言った。

「今度来られるのはいつかしら」

「一年は来られないと思うよ」

眩しい目を細めて遠くへ視線をやると、向うの森が暗緑色に見え、その上に雲一つない空が浅葱色にけむっている。

美佐子はやっとあの時の思いが実現するのだと思った。

二十年ほど前、この空港のレストランで美佐子は子供たちと食事をしていた。八歳と六歳になる二人の娘のほかに九歳の姪と七歳の甥、それに母もいた。食事が目的ではなく、飛行機を見るのが目的だった。

隣県の田舎からN空港のあるT市に美佐子が嫁いだのは、それより九年前のことである。空を飛んでいく鳥のように小さい飛行機は見たことはあっても、近くで見たことがない姪たちにとって、N空港へ飛行機見物に行くことは待ちこがれた大イベントだった。実家の母が姪たちの夢を実現するために、前日田舎から連れて来て、空港行きということになったのである。

昼食にはやや早めの時間にレストランに入り、空港が一望できる窓際に子供たちが二人ずつ向き合って席についた。恵美と母は、一番奥の席にかけた。子供たちは、席についてしばらくは身をのりだすようにして、無言で窓越しの機影を見つめていた。右手からゆっくり進んで来た飛行機は眼下を通って左端まで来ると、ゆるやかにUターンして一定の位置に来る。しばらく静止していて動き始めると、みるみるうちに加速し、やがて機首を上に向けて飛びたつ。秋の済んだ日差しが時々飛行機のボディを発光体に変える。離陸して、目の前を飛び上がって行く飛行機は、子供たちには巨大な鳥に見えたにちがいない。四つの頭が、飛行機の動きにつれて動き、飛行機が視界から消えると元にもどった。そして一斉に感嘆のため息をもらす。

「ぼくも飛行機に乗りたいな」

と甥がつぶやくと、二女と姪が異口同音に、

「わたしも」

と叫んだ。

「大きくなったらいくらでも乗れるよ」

と母が言う。

「おばあちゃんは乗ったことあるでしょう」

長女が聞いた。

「一回だけね」

母はうれしそうにこたえた。

「わたしも飛行機に乗ってアンデルセンの国へ行きたいな」

オムライスをスプーンで口に運びながら長女が言った。

「わたしはアメリカ、志保ちゃんは？」

姪が二女に聞いた。

「わたしも、ミッキーマウスのいるアメリカがいいな」

志保はそう言いながら、下手な手つきでスパゲッティをフォークに巻こうとしていた。

子供たちの会話を聞きながら、飛行機に乗ってどこかへ行ってしまいたいのは、自分だ、何もかも忘れて外国へ行けたらどんなにいいだろう。しかし、いまは子供たちを放棄するわけにはいかないと美佐子は思っていた。

「ぼくねえ、パイロットになるよ。そうすりゃ、いつも飛行機に乗れるもん」

と甥が言う。

「浩くん、パイロットになるには、すごく勉強をがんばらないとだめよ」

と美佐子が笑った。

「ぼく、がんばるもん」

真剣な顔をして浩が言った。

「美佐子おばさん、おじさんは何回も外国へ行ったでしょう」

と、姪の久美子が、夫について尋ねた。

「おとうさんは、自分だけ行って、わたしたちなんか連れていってくれないの」

と、オムライスにさしてあった旗を指で回しながら長女が言った。

「お仕事だから、仕方がないでしょ」

と母は長女をやわらかくなだめた。

大手の商社マンである夫は、出張と称して四、五日の海外旅行を時々するが、子供たちや美佐子を飛行機に乗せて旅行に連れていってくれたことは一度もない。夫の海外旅行には愛人も時には同行するのではないかと美佐子は疑っていた。

次女が生まれた時、「また女の子か」と落胆の表情をかくさなかったことは、美佐子を傷つけた。何かにつけて女の子は解らないし、つまらないとも言う。娘を抱いたこともないし、まして風呂に入れたこともない。だから、子供たちも父親になつかない。

夫の実家へ行った帰途、のどが渇いたので喫茶店へ寄りたいと娘たちにせがまれて、駐車場で車から出ようとした時、夫は、

「おれは何も飲みたくないからここにいる。お前たちだけで行ってこい」

と言った。

「おとうさんも一緒にはいろうよ」

と、娘たちも美佐子もかわるがわる誘った。しかし、結局夫は我を通した。娘たちもあきらめた。美佐子はその時、夫の意固地さに呆れもし腹も立てたが、後で夫が、女ばかりに囲まれてお茶など飲みたくなかったと友人に洩らしたことを耳にはさんだ時、怒りは頂点に達した。結婚以来夫と外でお茶も飲んだことがない。

夫が社用でシンガポールへ行くことになった日、急に来客があり、あわてて出掛けたあと若い女性の声で、ご主人はご在宅でしょうかという電話がかかってきた。外出したばかりで不在だと告げると、急に切れた。女の直感というのか、心にひっかかるものがあって、美佐子はすぐに会社へ電話をかけてみた。名前を名乗らずに、正村智弘課長を電話口までおねがいします、と言うと、休暇をとっているという返事だった。

上野動物園にパンダがやって来て話題をさらっていた頃、娘たちがパンダを見たいとせがむので、夏休みにパンダの見物とディズニーランド行きを思い立ち、夫に再三連れていってくれるように頼んだ、でも、夫は多忙を理由に実現させようとはしなかった。結局美佐子がひとりで連れて行った。二泊三日の旅行だったが、留守中一晩夫が外泊したことを、後で美佐子は知る羽目になった。

夫はなぜ結婚したのだろうと美佐子は時々思った。夫の実家は代々教育者の家であり、夫の兄である長男も高校の校長をしており、名誉や体面を最も重視している。適齢期を過ぎても結婚しない息子は、正村家の常識からすれば不名誉なことだろうし、出世にも差し障りがあるだろうから、結婚を強要しただろうことは推測できる。たとえそうであっても、結婚するからにはそれなりの自覚があるはずである。妻子を愛し、和やかな家庭を作ろう、という意思が夫にあったとも思えない。美佐子は自分をセックスつきの家政婦ではないかと思う時がある。少なくとも、夫はそれぐらいの気持ちで妻を見ているにちがいない。

夫は、娘たちの学校の父親参観日に一回も出席したことがない。いつも、お得意様の接待があるとか、忙しいから日曜でも休めないとかもっともらしい理由を挙げる。それなのに、隣の市にある実家から呼び出しがあると、ひとつ返事で出かけて行く。父であり夫であるより、親に従順な息子であると美佐子は思う。親コンプレックスのアダルトチルドレンそのものだ。

仕事には真面目で順調に出世し、三十五歳で課長であるが、夫のことが頭を占めると、思いだしたくないことが次から次へと浮かんできた。

「美佐子、気分が悪いの。ちっとも食べないのねえ」

我にかえると、母が心配そうに美佐子を見つめていた。

「ううん、何でもない。ちょっと考え事をしていたの」

とこたえて、美佐子は冷えたスパゲッティを口に運びはじめた。

「四人の内でだれが一番早く飛行機に乗るのかな」

と母が言うと、

「わたしに決まってるじゃないの」

と、久美子が言った。

「なぜ」

志保が尋ねた。

「一番年上だもん。先をこされるわけにはいかないわ」

久美子は昂然と言い放った。

着陸する飛行機は、レストランからは見えないが、翼を輝かせながら飛びたつ飛行機はひっきりなしだった。

わたしたち夫婦は、人目には平凡で幸福な夫婦に見えるだろう。実家の母にときどきこぼす愚痴も真剣には聴いてもらえない。母にしたところで、父のいない今、娘が離婚して孫を連れて帰ったら、同居している息子夫婦のてまえ、苦労を背負うことになることは目に見えている。それに、たとえ愛情がうすくても、今の娘たちにとって父親は必要である。

空へ飛び立つ飛行機を眺めながら、娘たちが結婚して家を出て行ったら別れよう、いつか自分自身の意志で大空へ飛び立ちたいと切実に思った。

「そろそろ時間だ。行こうか」

夫の声に我にかえって、あたりを見回した。おだやかな秋の陽射しに白白と伸びている滑走路も、ひっきりなしに離陸している飛行機も、ずっと向こうに見える森の暗緑色も、二十年前と同じだ。しかし、美佐子の前にいる男はまるで違う。眼鏡をかけ、センスのいいネクタイをきちんと結んでいる男ではない。白髪の混じる髪をオールバックにし、着古したポロシャツを無造作に羽織っている男である。

母は美佐子の離婚を見ずに、三年前他界した。あの子たちはみんな結婚し、海外へハネムーンの旅をしたが、あの時の空港見物を覚えていただろうか。あの時に決意したように、自分は彼らが無事に飛びたったのを見届けることができたのである。美佐子は、今こそ自分自身が飛びたてる実感を噛みしめた。三十年近く子供たちのために過ごしてきた人生を、これからは自分自身のものとして生きるために……。

離陸したジャンボ機が、大きい翼を張ってぐんぐん上昇し、視界から消えてしまうと、美佐子は立ち上がった。

風船

「ハーちゃん、トントンしようよ」

陽菜は、玩具の太鼓をたたくのをやめて晴美に言った。

「いいよ」

小さいシンバルを振るのをやめて晴美は応えた。

ベッド用に敷いてあるマットレスの上で飛び跳ねる。適当な弾力があってトランポリン代わりになる。晴美より一歳年長の四歳の陽菜は跳びが高く強い。それに比べると、晴美は跳ぶ力が弱く小刻みである。暫くマットレストランポリンで遊んだ二人は疲れたのかマットレスの上に座り込んだ。
二、三分息を整えた後、陽菜が言った。
「電車ごっこしよう」

いつでも先導するのは年上の陽菜である。跳び縄を二本つないだ輪の中に入ると、陽菜が先頭になり、後ろの端に晴美が入ってゆっくり駆ける。

「シュシュ、シュシュ」

「ポポー、ポポー」

八畳の部屋を何回も廻る。

一人の幼い男の子が電車にぽっと入って来た。晴美よりやや小さい。二歳ぐらいだろうか。白い涎掛けをしている。陽菜と晴美に挟まって同じように駆けようとするが、足元がおぼつかない。ともすれば転びそうになる。

「直人だ！」

祐子は叫びそうになった。眼も鼻も小さい口もバランスよく整って、色白な顔立ちはまさしく直人である。三十五年前インフルエンザ脳炎で夭折した長男である。あと一週間で満二歳になるところであった。救急車で行ったM大病院で四日間昏睡状態のまま逝ってしまった。

夫は腹を切って死にたいと言った。矍鑠たる舅が声をあげて泣いた。祐子はだらだらと家事はしたが、生きる気力を失い、床に臥す日が多かった。毎日仏壇に線香を焚き、時々直人の好きだった「ぞうさん」をピアノでぽろんぽろんとひいたり、ぼんやり空を眺めたりして過ごしたが、自分を責め続け、精神内科に半年通い、少しずつ健常な精神状態に戻っていった。

二年経ち、長女の節子が生まれた。陽菜と晴美は節子の娘である。

いつの間にか二人の幼女の姿は消え、飛び縄の電車の中にはもう直人しかいなかった。スポットライトを当てられたように直人しか祐子の眼には映らなかった。

直人がボウリングの球を投げるしぐさをする
「上手に投げるわねえ」「したことないのにどうしてこんなにうまく真似ができるのかしら」
「テレビだよ。テレビでいつも見てるからだよ」祐子と夫の笑い声が弾ける

直人が石を投げる。

「遠くまで上手に投げたねえ」

「でも、石は当たると危ないから投げたら駄目よ」

不満そうに直人はうなずく。


直人が歌っている。

「ゾウサン　ゾウサン　オハナナナナイノネ　ソウヨ　カアサンモナナナイノヨ」

「オハナガよ。オハナナじゃないのよ」祐子と夫はふふふと笑う。

「オハナガと言えないのよ」

「その内に言えるようになるさ」

直人がつき立ての餅をいじっている。

正月の餅つきで忙しい。

「直ちゃんには無理よ、お餅丸めるのはむずかしいよ」

「いいよ、いいよ。今日は直ちゃんの初めてのお餅つきだもんね。」

「これから毎年直ちゃんがお餅つきしてくれるもんね。うれしいな」

直人が亡くなってからは餅つきの幸せな音は絶えた。杵も夫が処分してしまった。


直人が店でもらった風船を持ってにこにこしている。

「おうちのどこに風船飾ろうかな」

「ブーブー」

「そうだね。直ちゃんの大好きな車に飾ろうな」

と夫が言う。

直人が泣いている
「どうしたの」
「あら、風船？　どこいったの？」
直人が「アッチ」と外を指差す。

青と白の二個の風船は冬の澄んだ日差しの中をゆらゆら昇っていって消えてしまった。
風船が飛んで行ってしまったのは直人が亡くなる十日ほど前のことであった。
直人は風船を追って空のむこうへ行ってしまったのか。
星たちは、小さな男の子が風船と遊んでいるのを毎夜見るだろうか。

「イエスタデイ」は好きですか

九月に入って蝉の声が少なくなった。

自治体からの依頼で高齢の一人暮らしの女性の個人情報を守る仕事をしている個人情報センターの東という男から電話があった。セゾンとヤフーに祐子の個人情報が載っていると言う。祐子は両方から情報を削除することにし、その旨を東という男にお願いした。削除するには代わりの人が必要ということで、菅原という人が引き受けてくれることになった。

次の日その菅原氏から電話が入った。

「東北の震災と原発問題はあなたも関心を持っていらっしゃるでしょう。実は、私は「駆け足の会」というボランティアの組織を運営しています。双葉町に住んでいますが、地元の中学校と小学校に放射能防御マスクを寄付したいと思っています防御マスクは一個十五万円で二百個買うので計三千万円、消費税込みで、三千二百四十万円になります。後日私が降り込みをしますが、今は一応あなたが購入者ということにしていただけないでしょうか」と菅原氏は言った。

そんな大きい買い物を私がするなんて困ると思ったが、菅原氏には代わりになってもらったという借りがあるので、しぶしぶ引き受けた。

一週間ほどして、防御マスクの取引先である環境保全対策局の野口という男性から電話がかかってきて、すごい剣幕で怒られた

「これは一体どういうことですか。購入者は岩島祐子なのに、代金の振込予定者は菅原になっています。これは犯罪ですよ。懲役五年になるほどの罪ですよ」

「辞退したのに無理に頼まれたので、義理もあってしかたなく引き受けてしまいました。それに社会のためになることですので…」

と祐子は言った。

野口氏は慌てふためいた口調で言った。

「とにかく何とかしなくちゃあ……上司に相談してみます。あとで連絡します」

暫くして、違う男の声で電話が来た。

「私は野口の上司の早瀬と申します。あなたの立場はよくわかりました。菅原氏も知らずにやったことで助けてほしいと言っております。私が何とか善処します。このことは犯罪に関わることですので秘密裏に進めなければなりません。ですから絶対他言無用ですよ。誰かに話してそれが広がったら私は無事に事を処理できません。ですから、これから何回も電話で連絡しなければなりません。うちの会社のスタッフに聞かれてもまずいし、あなたのご家族に知られ

ても困るので、これから合言葉で私の方から電話することにします。あなたの好きな食べ物とか音楽を教えて下さい」

早瀬氏の声は柔らかいテノールでゆったりした口調は説得性があった。

「私は、音楽はビートルズが好きです。特にイエスタデイがいいです」

と祐子が言うと、早瀬氏は
「私もビートルズのファンです。ビートルズは永久不滅です。では、合言葉は『イエスタデイは好きですか』にしましょう。毎週月曜日の九時に電話するので、そのつもりでお願いします」

と応えた。

それ以来ほぼ毎週月曜の九時に「イエスタデイは好きですか」がかかってきた。祐子の資産状況を聞いたり、体調を気遣ったり、世間話をしたり、優しい声音は中年の紳士の面影を彷彿とさせた。電話の決まり文句は他言無用ということと、変な電話がなかったかを尋ねることだった。

或る月曜日、風邪気味だった祐子が電話に出ると、早瀬氏は言った。

「声がおかしいですねえ。どうかされましたか」

「風邪をひきました。喉が痛みます」

「気をつけてくださいよ。あなたとは会ったこともなく電話で話すだけの間柄ですが、あなたがお姉さんのような気がします」

「有難うございます。心配してくださって」

と祐子は心を込めて応えた。

特に連絡事項のない或る月曜日に早瀬氏は言った。

「あなたの住いの近くに家族がいらっしゃいますか」

「はい、隣に息子夫婦が住んでいます。うちはご先祖の位牌や墓が沢山あり、それを守っていかなければならないのに私は年をとりましたので、泣きついて、息子に東京からこちらに帰ってもらいました。勤めは名古屋の支社に変えてもらったんです。出世の妨げにはなったようですが……」

と祐子が言うと、

「親孝行、家孝行の息子さんですねえ。いや、私も長男で家を継がなければならない身ですが、田舎の実家に帰ることはできません。八十を過ぎた母親がひとり暮らしをしています。思えば親不孝な息子です」

「仕事のことを考えるとそう簡単にはいきませんよねえ」

と祐子は応えた。

それから二週間程して、

「何か変な電話はかかってきませんでしたか」

と早瀬氏が言った。

「二、三日前にN証券の者だと言って、将来有望な投資信託があるから買わないかと言ってきました。断りましたけれど……」

と祐子が言うと、

「それでいいです」

と早瀬氏は応えた。笑みを含んだ声音だと祐子は感じた。

十月に入ると、早瀬氏が、金融庁の調査が毎週金曜日にあり、祐子が防御マスクを購入したことに疑いを持っているので、祐子が買ったという証拠を作るために三千二百四十万円を送るようにと言った。

祐子は言った
「私にはそんな大金はありません」

「じゃあ罪人になってもいいですか。ものは考えようです。金は貯めればできますが、犯罪の烙印は消すことはできませんよ。一応買ったことにしてキャンセルすれば金は返ってきますから。私が約束します。男に二言はありません。まず半額の千五百万円用意してくださいませんか」

祐子の婚家は、地域の名家である。舅は市会議員を長く勤め、姑は教員を定年まで勤め、その後、市の民政委員などの公務を引き受け、市のために貢献した。夫も中学の校長を定年退職した後、市のボランティアを引き受けたりして十年前に亡くなった。舅も姑も随分前に亡くなって、後を継いできた祐子が罪を犯すなど到底許されない。

祐子は預金と投資信託を解約して千五百万用意した。

「金融庁は厳しいので、あなたが作った金だという証拠を用意しておいたほうがいいので、まずアトランダムに万札を二枚抜いてその記号と番号を教えてください」

と早瀬氏は言った。

祐子は用意した札束から万札を二枚抜いて言った。

「一枚目はVN496775P、二枚目はwk622753Rです」

「メモしますからちょっと待ってください」

それから、次のように言った。

「金を石鹸とタオルの名目にして近くのコンビニか宅配で送ってください。住所は、神奈川県横浜市神奈川区栗田谷四四の三四、栗田谷ヒルズ1号205、米澤キクです。野口の母親です。当社は社員が開けるとまずいのでね」

祐子は近くのコンビニから送った。それから十日ほどして残額を送るように言われた。返金されるとはいえ、千七百四十万円つくるのは容易なことではない。

残暑のある日電話に出て応答したばかりで何故こんな面倒なことに関わることになってしまったのだろう。祐子は恨めしい気持ちを抱きながら誰かに相談しようとは思わなかった。早瀬氏から電話のたびに他言無用と釘を刺されたし、約束したことは必ず守るという頑固一徹なまでの誠実さのせいでもあった。でも、一番の理由は、一面識もなく、電話の会話だけだが、穏健で誠実な紳士という印象を持った早瀬氏を全面的に信用したからであった。この人を裏切ることはできないし、もし自分の他言がばれたらどういうことになるかわかっていたからだ。

残りの投資信託を全部解約し、弟に借金し、サラ金で借りてなんとか工面した。前回のようにアトランダムに万札を抜き取り、記号と番号を知らせた。送る時早瀬氏が指示した。

「お宅の近くにクロネコヤマトの営業所があるでしょう。そこから送ってください」

早瀬氏が部長をしている環境保全対策局は確か神戸にあると聞いているが、稲沢市のはずれにあるクロネコヤマトの営業所が祐子の家の近くにあることまで知っているなんて調査網の広さに驚いた。

送り先についてつぎのように指示された。

「私の家内の実家です。住所は、山口県岩国市周東町川上一七一、尾崎武子宛てにお願いします。前回と同じく石鹸とタオルの品目にしてください」

横に「石鹸とタオル」を置き、車を運転しながら、祐子はいつも通る道なのに、見慣れているビルや樹々や店がいつもとちがう印象を帯びて目に映るのを感じた。こんな大金を運んでいるからなんだと祐子は思った。

翌週の月曜に、金を受け取ったこと、明日金融庁へ持って行くという連絡が入った。納金したらすぐ連絡すると言ったのに、連絡が来ないので、心配した。三千二百四十万円という大金を持ったら良識のある人でも魔が差すこともありうる。早瀬さんに限ってそんなことはないだろうとは思ったけれど念のため、環境保全対策局に電話したら、野口氏が出て言った。

「早瀬さんが帰らないので問い合わせをしたら、菅原さんと共に金融庁に拘束され、取り調べを受けているそうです。すぐ菅原さんのところに電話したら、ボランティアの仲間だという人が、今朝、四、五人の男が来て、事務所の書類を全部持って行ったと言いました」

祐子は事の成り行きに戦々恐々として不安な日々を過ごした。

数日後、早瀬氏から電話があり、

「菅原氏は嫌疑をかけられ有罪になりそうです。あなたは、私が弁護して民事事件として扱うことになり、罪をまぬがれました」

「ほんとうにありがとうございました」

祐子は受話器に向かって深々と頭を下げた。

「それにしても、菅原さんがお気の毒でなりません。善意でされたことなのに罪になるなんて」

「私も随分弁護しましたけれどねえ……金融庁は厳しいです。どうにもならなかったです」

その後暫くして、金融庁の取引審査会の石上という男から電話があり、

「あなたの用意した金三千二百四十万は保釈金として預かります。菅原氏は弁護士を雇って裁

判になりますので、それが結審したら返金します」と言った。

その後数回早瀬氏から「イエスタデイは好きですか」がかかり、菅原氏は裁判の結果有罪になったことを知らされた。十二月の末だった。

「手続きに時間がかかりますので、来年一月十日の九時にあなたに連絡し、十三日に保釈金を振り込みます。あなたとは電話だけのお付き合いでしたが、あなたのように素直で善良ないい方の力になれてよかったです。私は五十を過ぎましたが、この齢になりますと、少しは社会のためになることをしたいと思いましてねえ。いやわたしも満足しています。では、あなたの取引銀行と振込口座を教えてください」

祐子が教えると、

「では、いい年を迎えてください」

年が明けて、一月十日、一日中電話を待ったが来ないので、早瀬氏に電話した。

「この電話は今使われていません」という応答だった。急いで菅原氏に電話すると
「この電話は今使われておりません」と同じ返事が返ってきた。

祐子は、目の前が真っ暗になりヘタヘタとその場にくずおれた。

梅干し礼賛

二十年間膝の痛みに付き合ってきた。整形外科、整体、ほねつぎ等様々な医療機関に通ったが、良くなるどころか、年齢と共にだんだん悪くなり手術を考えるようになった。手術ができる年齢のうちにと思ったこともあり、友人が手術を受けて楽になったという話も聞かされた。人工関節の手術の名医だという評判の高い医師をその友人から紹介され、かかっていた整形外科の紹介状も書いてもらい、手術をすることになった。

手術の前日、病室に来たK医師は、「消毒してあるからね」と言って、右膝の下にペンで「右膝　6・25」と書いた。それが妙に印象に残っている。

手術当日の朝、硬質の殺風景なオペ室に運ばれる。

全身麻酔である。うつ伏せになり、背中に注射されると思った瞬間意識を失った。

気が付いた時、手術は終わっており、三時間かかったけれど手術は成功だと言われた。その夜は、痛みと喉の渇きで悶々と過ごした。水が飲みたくても駄目だと言われ、飲める時間になるのをひたすら待った。痛み止めの点滴や血圧や脈拍を示す計器のコードを四、五本付け、身動きもできないので、こんなに辛いならば死んだ方がましだと思った。時がたって看護師が水を飲ませてくれた時、そのおにいちゃんが神様のように思えた。

二日経つと通常食になった。精神的には手術前と全然変わらなかったけれど、体は全身麻酔の影響をもろに受けたらしく食欲がなくなった。痛み止めの薬を飲み、痛みはたいしたことはないのに、出される魚の煮物や焼き肉、炒めものなどを全く受け付けなくなってしまった。医者や看護師も、回復が遅くなるから食べるように注意してくれたが、食べられないので困って考えた挙句、あることを思いついた。小さい頃、風邪をひいた時などに、お粥と梅干を母が用意してくれて、それを食べたので、梅干しなら食べられるかもと……。

早速娘に自家製の梅干しを持って来させた。その梅干しは、節子が屋敷に生った梅を漬けたものである。熟した梅を洗い、半日ほど水に漬けて灰汁を取り、乾かして、塩と砂糖と焼酎をまぶして半月ほど置くと、梅の実が浸るほど液が出てくる。塩だけで漬ける人が多いが、節子は塩を少なくして、その代わり砂糖と焼酎を加えるのである。砂糖は甘くするためと保存性を高めるためである。焼酎も保存のためである。塩を梅にたいして二〇%加えればかびることはないけれど、健康上塩分を減らすために考えた苦肉の策である。

梅を溶液につけて暫く置いて、それからが紫蘇の出番である。紫蘇を洗い、水分を取るために乾かす。それに塩をまぶし手で揉む。すると真っ赤な汁が出る。初めの汁は灰汁《あく》があるので捨てる。もう一度塩を加えて揉む。深紅の汁が出る。紫蘇の葉は黒っぽい紫色なのに塩に出会うと魔術のように鮮紅色に変わる。美しい自然の色である。紅く染まった液を梅の溶液に入れる。容器をよく振ってそのまま一ヶ月ほど置いておくと梅の実が紅く染まる。そして、土用の頃に梅の実を取り出し天日に干す。三日三晩干すので、天候が気にかかる。雨に濡らしたら台無しになるから気が抜けない。天日に干すと梅の表皮が柔らかくなり皺ができる。そこでやっと梅干しの完成である。

幼い頃、節子は、梅干しは薄暗い所に置く甕《かめ》から湧き出るものと思っていた。甕は家の納戸の薄暗い所にいつも置いてあったし、そこから少しずつ出して食卓に置かれたものである。甕は陶器製で深いものでないといけないと小さい節子は思っていた。

堀尾家に嫁いで自分で梅干しを作るようになって初めてこんなに手間のかかるものかとおどろいた。甕から湧くなんてそんなに簡単なものじゃない、祖母が人知れずせっせと手をかけて丹精をこめて作ったものだと今さらながら感じ入ったのである。祖母に対して感謝の言葉もかけず、ありがたいという思いも持たず、何気なく口にしていたとちょっぴり反省の思いを抱くのである。

さて、そこで、梅干しでご飯が食べられるようになったのは幸いだった。一週間梅干しとご飯だけで過ごした。一日に午前と午後三〇分ほどリハビリをするだけで、たいして動くわけでもないので、空腹は感じなかった。朝はパンとコーヒー、ヨーグルトなどですましていたから、特に栄養上問題があるとも思わなかった。一言付け加えると梅干しは看護師には内緒で食べたのである。塩分制限が厳しいので許されるわけがないと考えたからである。

梅干しを食べるたびに節子は祖母を思い出す。薄暗い北の納戸の深い甕から梅干しを取り出す祖母の腰の曲がった姿を……。

師範出のバリバリ

友人の小林が「いいアルバイトがあるからやらないか」と誘ってくれた。

内容は週二回の俳句教室で、教室に出席すれば一回ごとに五千円払うのではなくてくれるというのである。一つ条件があり、自作の俳句を一句持参することだそうだ。そんなうまい話があるものかと耳を疑ったが、話をよく聞いてみると事実彼は何回も出席して体験済みだというのである。

彼の話によると、先生は金田一典子という名前で、現在八十三歳、二十三年間の教職を退職して後は民生委員などをしていたが、一年ほど前からやや認知症の傾向が出始め、妄言を吐いたりして家族を困らせていたということである。そこでかかりつけの医師に相談したところ、デイサービスに行くように勧められ、今、週二回通っているとのこと。デイサービスへ行くについては、本人の気が進まず、やむなく俳句を教えに行くという名目で納得させたのであった。

そのため、デイサービスでも、会う人ごとに俳句をやらないかと勧めたり、誰彼と限らず、

「あなた、私の教え子よねえ。N中で国語を教えた覚えがあるわ」

と言って当人を困らせたりした。また、一日に一回ある遊戯会にも参加せず、

「わたしは指導する立場ですから、そういう会は遠慮させていただきます」

と言うのが常だった。

何かにつけ先生ぶるのが嫌われて、デイサービスでも歓迎されなかった。

専用バスの運転手にお小遣いをあげると言って断っても断っても執拗に追いかけられると言って運転手が困ったという話もあった。

「俳句を教えてやっているのに全然手当をくれない」とこぼしたりして不満があり、デイサービスも休みがちになり、手をやいた息子夫婦が俳句教室の案を考えついたのであった。教室の生徒に手当を払うのは勿論息子夫婦であり、それは母親である先生には内緒である。

僕は、早速電話して申し込んだ。大学名と二年であることを知らせ、参加許可を得た。

金田一家は歌舞伎門のある大きい邸宅だった。玄関のすぐ脇に十畳ほどの部屋があり、机が十個ほど並べられ、生徒が六人腰かけていた。僕と同じ年恰好の若者である。黒板が前に置かれ、壁の上方には額に納まった賞状が並んでいた。大学の卒業式らしいスナップ写真に続いて、十五年勤続、二十年勤続の表彰状、民生委員勤続の感謝状が並んでいる。

受付の嫁さんに指示されて入口に近い席にかけて待っていると、先生らしいおばあさんが入ってきた。着物に袴姿である。白髪を刈りつめ、度の強そうな眼鏡をかけている。

嫁さんが僕を先生に紹介した。僕は丁寧に頭を下げて言った。

「岩島茂です。よろしくお願いします」

「君が今度入った生徒さん？　若いのに偉いわねえ。最敬礼をして。昔はね、お辞儀に最敬礼と敬礼があったの。目上の人に丁寧に挨拶するときは、腰を九十度ほど曲げて頭を下げる最敬礼をしたの。今の人はそんなことも知らないの」

僕は照れたが、最敬礼というのは初耳だったので、妙に感心した。

授業の第一声は自己紹介から始まった。掲げてあるセピア色の写真を指差しながら言った。

「わたくしは、あの写真にあるように昭和三年に愛知師範を卒業して先生になりました。師範出のバリバリの先生として二十三年勤め、立派な先生として何回も表彰されました。今はそこいらの三流の大学を卒業しても単位さえ取れれば先生の免許が貰える様だけど、どうですかねえ。そんなふうだから、先生の不埒な事件が起こるんですよ。先生はやっぱり師範を出た、今なら教育大出でなければなりません。格が違います」

小林の言うところによるとこの挨拶は毎回行われるらしい。「師範出のバリバリ」は口癖らしい。

「俳句を一句出すのが決まりだけれど、君俳句持ってきた？」

「はい。僕の俳句は、トランスに鴉が下りた夏の暮というのです」

先生はそれを板書して言った。

「トランス、トランス。トランスって何か知っている人?」

「変圧器のことじゃないですか?」

と誰かが言った。先生はどうもトランスが分からなかったらしい。

先生は、「春の暮」や「秋の暮」はよくあるけれど、「夏の暮」は珍しくて新しいと褒めてくれた。トランスに鴉が下りたというのも手垢がついてなくていいと言った。

「他に俳句を出せる人は?」

と先生が言うと、一人の女性が手を挙げて、

「牡丹の花を見て作りました。牡丹の花見ているうちに散りにけり、牡丹の花見ているうちに散りにけり」

と二回繰り返した。

先生はそれを黒板に書いて言った。

「芭蕉の句に、牡丹散って打かさなりぬ二三片、というのがあるけれどよく似てますね」

と言った。すると、誰かが手を挙げて言った。

「先生、それ与謝蕪村の俳句じゃないですか」

「いいえ、これは芭蕉の句です。私は師範の国文科を出ています。俳句や短歌もみっちり勉強しました。間違いありません」

みんな黙っていた。

暫く間をおいて一人の男性が、

「先生は師範びいきのようですが、東京大学は昔は東京帝国大学と呼んだそうですが、その東京帝国大学と師範学校とどちらが立派だと思いますか」

と尋ねた。

「そりゃあ師範学校です。師範学校は日本一の大学です。今は師範学校とは言わず教育大学という呼び名になっていますが、なぜそんな名前にしたんでしょうねえ。師範という言葉の尊厳が失われたようで寂しいですねえ」

俳句の学習の後は先生の出自の話だった。長野の士族の祖先を持つとか勤王の女性志士が父親の従妹にあるとかそんな類の話である。

授業は一時間で終わった。

帰るとき、先生が傍へ寄ってきて、

「君の俳句よかったからお駄賃あげるね」

と言って、がま口から千円だしてくれた。

受付で嫁さんから五千円入りの封筒を受け取った。封筒は手にずしりと重かった。

片割れイヤリング

オルゴールから紫水晶のイヤリングの片割れを取り出してつくづくと眺める。

「イヤリングの片割れ、どうしよう」

一ヶ月ほど前、片方を落としてしまった。今までもよくイヤリングの片方は落としたが、大抵安物なので、大して探しもせず、箱に幾つも入れたままにしまっておく。思い出したように箱から一つずつ取り出し、誰からのプレゼントか、どこで買ったのかなどと記憶をたぐり寄せてみる。どこで何時落としたのか、はっきり覚えている物もあるし全く分からない物もある。十五個以上あり、こんなにも落としたのかと我ながら驚く。材質は、貴石・木・ガラス・化学製品等様々で色彩も豊富だから眺めていて楽しい。

イヤリングを落とすのは決まって片方だけで、両方落としたことは一度もない。物理的な理由、或いは私の個人的な身体上の問題でもあるのだろうか。

ある意味で宝箱のような片割れイヤリングの箱の中で特に大切にして、小さなケースに入れているのが紫水晶のイヤリングである。大学時代からつき合っていた彼からのプレゼントだ。

彼は三年前に交通事故で突然あの世へ逝ってしまった。

　大学で地学を専攻して県庁に勤めたが、日曜・休日は、石や化石探しに明け暮れる人で、E市でこの紫水晶を見つけた。苺《イチゴ》ほどの大きさの原石を加工して、私の頭文字「M」を象《かたど》ったイヤリングにし、プレゼントしてくれたのである。銀の縁取りが紫の冷たい光沢によく似合っている。

　あの日、車で二十分ほどのデパートへ買い物に行った。一時間ほどで帰宅して、イヤリングをはずそうとして、片方ないのに気づいた。慌てて車の中を探した。家から車までの通り道、駐車場からデパートまでの歩いた跡を探したが見つからなかった。デパートの落とし物係にも問い合わせた。それほど高価な物ではないから、誰かが拾ったとしても、警察には届けないだろうと思ったが、念のため、デパートの近くの交番にも駆けつけた。日が翳ってから探したので、見落としたかも知れないと、翌日、日がかんかん照っている昼頃再度同じルートを探した。金具の銀が日差しを返せば見つけ易いと思ったのだ。

　結局、イヤリングは見つからなかった。

　私は気落ちして、家に閉じこもりがちになった。彼に対する謝罪の気持ちと自責の念に苛まれた。それ以上に喪失感がもたらす寂寥と悲哀は私を奈落の底に突き落とした。彼の唯一の形見を身に着けることで、彼はいつも私と共にいた。しかし、それを失うことにより、私は再び彼を失った。

でも、と思い直してみる。私の手からは離れてしまったが、イヤリングはどこかにある。しかも、近辺にある筈だ。落ちていようと、誰かが拾おうと、そんなに遠くへ行ってしまったわけではない。もし、彼の魂が空を浮遊しているならば見つけて、私の元へ届けてくれるかも知れない。いかなる方法にせよ……。

様々な想念が頭の中をかけ巡り、十日ほどの引きこもりの揚句、一つの結論に達し、失意の淵からかけあがった。片割れのイヤリングは片割れのまま使おう。大切にしまっておいても、彼は喜ばないだろう。使ってこそ意味がある。

カットされた天然石の冴えた光沢を眺めながら、銀の鎖を通してペンダントにしようと思った。それとも、他のイヤリングと対にして耳にはめてもいいじゃないだろうか。イヤリングは左右同じでなければならないという決まりはない。左右違うイヤリングを楽しむファッションがあったって悪くない。身に着けていれば、誰かがもう一方を返してくれるかも知れない。拾った人だって困っているに違いない。運命の力がもう一方を引き寄せて戻ってくるかも知れない。

そんなことを想像していると、私の心は軽くなり、なんだか楽しくなってきた。

雉子《きじ》

どんぐりが欲しかった。それで何かを作るというわけでもない。クヌギ・カシワ・ナラ・カシそれぞれ大きさも形も違うが、帽子をかむったような、あるいはお椀にのっているような様子が楽しかった。沢山集めて友達に自慢したかったのである。

田舎の子供のコレクションといえばリュウノヒゲの青い実とか紅葉した葉とかジュズダマの類だった。菓子箱のお古などに大切に仕舞っておく宝物なのである。

小学三年生の秋も深まった或る日、隣近所の数人の友達とどんぐりを拾いに行った。山へ入ると、はぐれないように時々声を掛け合って独り独りでどんぐりを探した。大木と潅木にかこまれて薄暗い一画にどんぐりを見つけたので、拾おうと一歩足を踏み入れた。その途端、バサバサ！　という轟音と共に、赤と青と緑の色彩が眼前に閃き乱舞しながら上がっていくと思うと消えた。一瞬の出来事だった。あとはシーンと静まりかえって、湿った柴の匂いがするばかり。何が起きたのか、何を見たのか、分からないまま暫く茫然として立尽くした。

それにしてもきれいだった。花火より美しかった。大事にしまっている千代紙より美しかったと心底思う。

　どのくらい経ったのか、私は急にこわくなり大声で友達を呼んで起きたことを話して、一体あれは何だったのか尋ねたが、皆首をかしげるばかりだった。

　帰宅すると早速、山に詳しい祖父に顚末を話して聞いた。

　祖父は、

「そりゃあ、雉子やろう。雉子の雄や。雉子の雄はきれいだでな。お前に驚いて逃げたんや」

と自信ありげに言った。

　この体験は思いのほか強烈で、それ以後の人生の時々に蘇った。

　特に、不幸なことに出会って一息ついた時などには、決まってあの美しい色彩の卍巴がバタバタ！という音を伴って脳に映った。幸せなことに出会った時も蘇ることがある。つまり、大きな事故や事態に遭遇した時に私を襲うようになった。だから今ではそれを待つようになった。そして、人生とはこんなものだよ、と言われているような気がするのである。

背中にひびく震動と轟音で目が覚めた。眠っていた私は咄嗟《とっさ》に起き上がった。今の音は何だろう。時計は朝の六時を回っていた。隣室から出てきた父と母があたふたと外へ出て行く気配だ。戸外が騒がしくなった。私も急いで外に出た。

近所の人が数人道に出て裏山の方を見ている。山の麓にある犬飼家から煙が立ち昇っているのが見えた。

「犬飼君とこだ」

と言って急いで家に入ると、父は近道をするため裏口から出て行った。犬飼家の当主と父は親しい。

近所の男たちはみんな犬飼家へ駆けつけた。私も隣近所のおばさんたちや友達と近くまで見に行った。家の屋根が一部分吹き飛び、あたりに瓦が散乱している。

やがて、消防隊員やお巡りさんが集まり、野次馬の私たちは注意されて、引かれたロープの外へ下がり、遠くから見ていた。

戦争が終わって七年が経っていた、山間の村の静かで平和な暮らしに突然起きた出来事であった。小一時間経って帰ってきた父の話で、事のあらましが大方わかった。

犬飼家の長男の政夫がダイナマイトを爆発させ、無理心中を図ったのである。

父が部屋に踏み込んだ時、枕や布団が吹きちぎられて散らばっている中に、壊れた政夫の体が横たわり、体の一部が天井に貼りついていたそうだ。妻の頼子は荒い息づかいで息も絶え絶えだったという。

「夫がダイナマイトを！　苦しい！　早く！早く病院へ連れてって！」

と叫んでいた。

頼子は病院で数時間後に亡くなった。別棟に寝ていた政夫の両親は無事だった。

心中の原因は、まことしやかな噂となって飛び交ったが、母と妻の不仲に悩まされてきた政夫が清算しようとしたというのが事実であったらしい。実際、都会育ちの嫁と、田舎で生まれ育って百姓をしてきた姑との折り合いが悪かったのは、父も政夫の父からそれとなく聞いていたので、私もうすうす知っていた。

頼子の一家は戦争で疎開して来て、そのまま村に住みついたのである。疎開してきた都会派と田舎の人々は、同居したり、同じ共同体でつき合ったりすることにより、いろいろな面で違和感を抱いた。都会派は、田舎の人は何故あんなに早く起きて働くのだろうと思い、その裏返しで、田舎人は、都会の人は朝起きるのが遅く怠け者だと笑う。都会の男は布団干しまでするのか、みっともないと田舎の人は眉をひそめ、都会人は村人の吝嗇《りんしょく》ぶりに呆れた。それというのも、野菜と高級和服などを交換するのにけちると言うのである。〇〇さんの奥さんは六十歳は過ぎているのに派手な洋服を着ていると村人が言えば、都会の人は何故あんなに地味なものばかり着るのだろうと呆れる。

ことほどさように、都会と田舎の気質、風習、暮らしの違いがぶつかり合って人々の心に波風を立たせた。

戦争が終わり、大方の都会人は元の古巣に戻って行ったから、田舎の人々はほっと胸をなでおろした。しかし、頼子の一家のように家を作って田舎に住み着く人もあった。ほぼ一年間という短期間であっても、田舎の人が都会人に抱いた違和感と、都会の人が村人に抱いた嫌悪感は容易に薄れるものではなかった。

そのような経緯があり、政夫の両親は頼子の一家との縁を喜ばなかった。そのうえ、真面目で長身、ハンサムな政夫は犬飼家の自慢の息子であった。結局、都会育ちの洗練された容姿と身のこなしの頼子に惚れた政夫の熱意に根負けした形で両親は二人の結婚を受け入れたのだった。

一町近い田畑を持つ犬飼家で、頼子は姑に従って野良仕事をしたが、鍬《くわ》を持ったことも鎌を握ったこともない頼子に、姑の気に入る仕事ができるはずもなかった。家事さえも、根っからの田舎育ちである姑にとって気に障ることが多かった。

私は、頼子とは年齢が八歳も離れていて、親しい友達というわけではなかった。頼子が、結婚する前に近くの陶器を焼く工場の事務員をしていて、毎朝家の前を通る彼女を見かけて挨拶をかわす程度だった。色白でスタイルもよく、帽子の似合う頼子は、近所の同年齢の娘たちとは言葉も雰囲気も違っていた。頼子は私にとってきれいな都会のおねえさんという憧れの存在だった。

だから、年に数回笹百合を採る子供たちの行事に一緒に出かけるのは嬉しかった。笹百合というのは、六月の中旬頃、山に咲く薄いピンクの百合である。香りが強く、葉が笹の葉に似ている。

頼子は笹百合が大好きだった。

「こんなに美しい百合が山に咲いて、ひっそりと散っていくのねえ」

と言いながら、大きな瞳で愛しむように笹百合を見つめるのが、印象に残っている。

政夫と頼子の結婚式は田舎にしては盛大に行われた。私は、その結婚式を見に行った日の感動を忘れることが出来ない。

戦後二年経っていた。その頃田舎では、結婚式は自宅で行われていた。どこどこで嫁入りがあるという話を聞くと、子供たちは一ヶ月も前から首を長くして待ったものである。花嫁が見られるのが一番の楽しみであったが、その上に、お菓子が貰えるというおまけがついた。

犬飼家の嫁入りの日は早めに行き、そわそわと待っていた。六時になり宵闇が辺りを覆い始めると、庭に面したガラス戸が開かれた。すると、煌々《きらきら》と灯された広い座敷の様子が一望出来た。

松竹梅が活けられた床の間を背にして花婿と花嫁が並び、両脇にそれぞれの両親と仲人が並んでいる。その八人からコの字形に親戚縁者がずらりと並んでいる。男は花婿を始めみんな紋付袴である。女性が着ている着物は家紋入りで付け下げだと周りのおかみさんたちが囁いている。衣装のことなどどうでもよく、私や友達が食い入るように見つめているのは花嫁である。

「頼ちゃん、いつもきれいだけど今日は特別ね」

「うん、花嫁さんの化粧ってすごいね」

友達と小声で話しながら、牡丹の花模様に金糸の縫取りの訪問着が目鼻立ちのくっきりした顔によく似合っていると見ほれていた。三三九度の盃の後、花嫁が五分ほど席をはずした。そして、錦の刺繍の内掛けを羽織って出てきた時、観衆はホウ！とため息をついた。母から聞いて知ったことだが、こうしたお色直しはその頃としては異例であったらしい。式もたけなわとなり、「高砂」が重々しく朗詠されると終りとなり、当主の挨拶の後、袋入りの菓子が配られた。

すっかり闇に閉ざされた帰りの夜道を友達と連れ立って歩きながら、華やかな光景を眺めた後の興奮で気もそぞろだった。下げている菓子の中身も気になり足どりも自然と速くなった。

二人の幸せが約束されたような結婚式の華やかさが強く心に刻み付けられていた私にとって、二人の悲劇的な末路は大きな衝撃だった。もし頼子が都会に住んだとしたらどうだったろう。もっと幸せな人生が送れたのではなかろうか。人生の断崖はどこに待ち受けているかわからない。疑念や痛恨の思いがとめどもなく私の心の中に渦巻いた。

それ以来毎年、頼子の墓前に笹百合を供えている。

詩歌の物語

詩歌の物語

1

私が高橋家に貰われて来たのは、三年前の、十二月にしては比較的暖かい夜であった。高橋家では、十二年ほど飼っていた三毛猫が亡くなって五年経っており、そろそろ猫が欲しいと思っていたところへ一人娘の真実の友達の知り合いに拾われていた私のことが話題に上ったのであった。その知り合いというのは犬猫病院の看護師さんで生まれたばかりの私が道端に捨てられていたのを拾って、その病院で育ててくれていたのであった。私がキャットフードの持参金つきで、看護師さんに連れられて高橋家の玄関に入った時、出てきたのは奥さんだった。奥さんは私を両手に受け取ると、

「まあ可愛い！　ちっちゃいのね。器量はどう？」

と言って、灯に私の顔を近づけた。看護師さんは、

「あまり美人じゃないんですけれど……」

と、口ごもった。

私は恥ずかしさと憤慨で黒い毛並みが赤くなるほどだった。思わず目をつむった。すると、奥さんは、

「目をつむってちゃ分かんないわよ」

と優しく言って私の顔にくちづけした。それから、

「あなたー、猫ちゃんよー」

と、奥の方を向いて呼んだ。すると、旦那さんが出て来て、看護師さんに挨拶すると「黒猫か。これは縁起がいいね」と言った。背の高いがっちりした体格だが大きな優しい目が印象的だった。こうして私は高橋家に飼われることになった。

さて、私の名前は真実さんが「詩歌《シーカ》」と名付けてくれた。ありふれたクロとかミーとかよりも洒落た名前なので私は満足した。真実さんは、N大学の国文科の学生で文学書もよく読み随筆などもせっせと書いているらしいから、こんな名前を付けてくれたのだろうか。真実さんは、身長が一メートル六十二センチ以上あり、決して太った感じではないのにご本人はダイエットに必死らしく、風呂場には痩せる石けんや塩が所狭しと置いてある。顔は女優の富田靖子にちょっと似ている。動物好きで中でも特に好きなのは、私と同族の猫で、道で轢かれて死んでいる猫を拾って来て動物の供養寺へ何度も車で連れて行かされたと奥さんが言っていた。真実さんは、朝出かける時はバイバイと手を振ってくれるし、帰って来た時は抱いて「ただ今」と言ってくれる。同じベッドの端に寝させてもくれる。

私が初めて高橋家の玄関に入った時、飾ってある大きい雪山の写真がまず目に入ったが、これは、パパ（旦那さんを今はこう呼んでいる。）の趣味であるらしい。若い頃は相当の山男だったらしいが、商社の部長を退職した今は専ら化石掘りと恐竜作り、ウッドクラフトが趣味である。張りぼてで恐竜や絶滅のおそれのある朱鷺《トキ》や川獺《カワウソ》などを作るのである。現に座敷には羽根が二メートルもある朱鷺が飛んでおり、その下に川獺の夫婦が座っている。初めてそこへ入った時、私は思わず身構え歯をむいて唸ってしまった。そればかりではない。パパの部屋には、作られた羊歯の中に狂暴なティラノサウルス、おとなしいエラスモサウルス、草食性のステゴサウルスやトリケラトプスがおり、その上には翼竜のテラノドンが飛んでいるのである。勿論実物大ではなく犬ほどの大きさのものや虎ほどのものなど大きさはまちまちであるが、私はその部屋は気味が悪いのでできるだけ寄り付かないようにしている。パパはこれらの恐竜を持って公民館などへ昔の生物と化石について講演をしに行くこともある。パパは、私の好きなブレッキーズを買って来てくれるし、「詩歌は鳴かないからいい」と褒めてくれるので好きだ。

ママは高校の英語の教師をしている。それに趣味が多く、家をあけることが多い。キーツやブラウニングほどではないが詩集も数冊出しており、詩の会合へ月に一、二度出かけるし、ときどきゴルフにも行くので忙しい。めったに出かけないパパと対照的だ。ママは帰宅すると決まって私を抱いて、「お利口だった？」と聞く。そして、耳の辺りにチュッとしてくれる。ママはときどき私をじっと見て、「耳がちょっと大きいわねえ。それに鼻も少しつぶれてるんじゃない?」などとずけずけと言ってくれる。「私の罪じゃないわ」と内心思いながらもむっとする。そうかと思うと暗い所で瞳を大きくして両足をきちんと揃えおすわりをしていると、「そうしてると、なんて可愛いの! 目も大きいしスマートで毛並みもつやつやしている。赤い首輪がよく似合ってるわ。ずっとそうしていてね」などと最大級の褒め言葉を投げてくれる。冗談じゃない。置物でもあるまいし、このままじっとしてなんかおれないわ、と思いながらも悪い気はしない。ママの一番好きなところは、私の大好きな竹輪やかまぼこをくれることと、ときどき私を抱いて寝てくれることである。ママは、定年までまだ五年あると言っているけれど私にはどう見ても四十代にしか見えない。痩せぎすで小柄な上に色白だから若く見えるのかも知れない。

高橋家へ来て八ヶ月ほど経ったある日いつものように散歩に出かけた。この辺りは住宅地と言ってもまだ畑や草地が残っており歩いていると草や野菜の香りがして快い。それに、高橋家の庭は広くて樹も多い。松、樫《カシ》、杉、柘《ツゲ》、樅《モミ》などの常緑樹に混じって楓《カエデ》、桜、蝋梅、紅梅、満作、槿《ムクゲ》などが季節ごとの花をつける。また、細長い一坪ほどの花壇が家の前に作られており、ママが季節に合った花を咲かせる。今はサフィニアやペチュニアが、土が見えないほどたくさんの花を咲かせている。

私は、白やピンクの槿の花の下を通って隣りのジロ君のところへ行った。彼は紺の首輪をしていた。

「その首輪素敵ねえ」

「そうかい。ご主人のお友達が付けてくれたんだよ」

「かっこいい。キムタクみたい」

ジロ君は猫族の中でも一番頭が良いというまき猫で、私が一番信頼している男友達である。

難は人（猫とするべきか）が良すぎて、餌をくれる人間にはすぐなついてしまうことである。人間は地球上に住んでいる動物の中で一番狡猾で残酷な動物であることを知らないんだから、まき猫族の頭の良さなんて大したことはない。私なんか餌をくれるからといってよその人を信用することは絶対しないんだから……。

「シーちゃん、ホワイトボスのことどう思う」

「あんな野蛮なの嫌いよ。この前なんか血が出るほど首をひっかかれたのよ」

ホワイトボスというのは、わが家の向かいの能美家に飼われている白い大きい雄猫である。小次郎という立派な名前があるのに狂暴で近所の猫を追い回してばかりいるので、このあだ名で通っている。私も彼を見るとそれとなく逃げることにしている。

「僕、君といっしょにいるのが一番楽しいよ」

ジロ君が散った百日紅《サルスベリ》の花に鼻を寄せながら言った。

「私もよ」

その日は小半日ジロ君と遊んだ。首や耳をかみあったり追いかけっこをしたり、満開の百日

紅の下で生き方や愛について語り合ったりした。その翌日も一緒に過ごした。傍を通った中学生が、

「この猫たちペアルックね。リボンの首輪をして」と言って暫く眺めていた。そんなことがあってから毎夜ジロ君は私を呼びに来るようになった。外から高くて太い声で呼ぶのが合図である。急いで飛び出る私の後ろでママが「そろそろ年ごろかしら」とつぶやくのが聞こえた。

ある晩夕食後私は真実さんに抱かれママの運転する車にのせられた。車に乗るなんてめったにないことで私は緊張してじっとしていた。

「猫って車に乗るとびくびくして暴れるものだけど詩歌はおとなしいね」

と真実ちゃんが言うと、

「ミチルはすごかったものねえ」

とママが応える。ミチルというのは以前飼っていた三毛猫である。家族の中でよく話題にのぼる猫で十二年も長生きしたそうである。

車は五分ほどで目的地に着いた。看板には「朝山犬猫病院」と書いてある。中へ入って気が付いた。高橋家へもらわれて来る前にいたところだ。あの看護師さんいるかなと胸をおどろかせた。でも出て来たのは違う人だった。お医者さんは私を見ると、

「大きくなったねえ。毛並みもつやつやしているね」と言ってくれた。あの看護師さんどうしたんだろう、と思っているうちにベッドに寝かされ、押さえつけられ、首の辺りがちくりとし

てその内に気を失ってしまった。

どのぐらい日にちが経ったのかわからないが、気がつくと籠にはいっており、周りには見知らぬ猫や犬がたくさんいる。間もなくママと真実さんの懐かしい声がして、私は籠から出され、真実さんに抱かれて車に乗せられた。

「よかった、元気になれて」

と真実さんが言うと、

「可哀想だけど仕方がないわねえ」

とママが言った。

「一回ぐらい産ませてやればいいのに……」

と真実さんの不満気な口調。

「でもねえ。たくさん産んでも育てられないんだから。可愛い子供とすぐ引き裂かれるように別れるのも哀れよ」

真実さんは黙っている。見ると涙が今にも溢れそうである。そういうことだったのか、やっと分かった。私は母親になれなくなったんだ。信頼していたパパにもママにも裏切られたんだ。人間が身勝手で横暴なことは知っていた。でも、こんなにも現実に私の身に降りかかって来ようとは……将来を約束したジロ君の顔がふっと浮かんで消えた。体がすーっと下へ沈んで行く錯覚に襲われた。

絶望した私は高橋家がいやになり、家出をすることにした。隣りのアパートの前を通り道を横切って大きい工場の前を過ぎると四差路がある。そこを北へ曲がってしばらく行くと椅子や机などの大きい廃品がたくさん置いてあるごみ置場がある。その片隅に大きい樫の樹が立っているが、その下に身を横たえると、術後の私は重い疲労感に襲われて動けなくなってしまった。夕夜が来て朝になりやがて陽が翳る頃になっても動く気力もなく同じ場所に横たわっていた。夕闇が辺りを蔽う頃、空腹と喉の渇きで身じろぎもできない私の耳に突然「詩歌！　詩歌！」という呼び声が聞こえた。あれはママの声だ。力を振りしぼって応えたつもりが、「ウー」としか出ない。やがてその声は遠ざかって行った。また夜が来て朝になり昼頃だったろうか。目も開けられなくなっていた私の耳にかすかに「詩歌、詩歌、詩歌」と何度も呼ぶ声がしたように思った。応える体力も気力もなくなっていた私はその声がだんだん近づいて来るのも知らなかった。不意に、

「詩歌！　こんなところに！」

と叫ぶ声がしたと思ったら、私は温かい手に抱きあげられ抱き締められた。そして生温かいものが私の顔にぽつぽつと落ちて来たのである。真実さんだ。真実さんが泣いている。私は、助かったという思いで一声鳴いて応えた。家に着いて暫くすると、よそへ探しに行っていたママとパパが帰って来てつぶれるほど抱きしめられた。真実さんから事情を聞いたママは涙ぐんで言った。

「どうしてあんな所へ行ったの。でもよかった。見つかって」

「不妊手術なんかするから怒って蒸発したんだよ」

とパパが言うと、

「ごめんね、ごめんね」と言いながら、ママは私の頭を愛撫した。私は、心配かけてすまなかった、と思いながら、手術のことはもう許そう、と考え始めていた。私に注いでくれた愛情と涙を思えば小さいことかも知れない。人間は身勝手だけれど許すという寛容さも持っている。私の仲間の猫族にはそういう精神的な働きはない。人間の優れているところは認めて見倣《なら》っていかなければ猫族はいつまでも人間に従属した存在に甘んじなければならないだろう。私は猫族の中でも誉れ高い黒猫だ。私のプライドは狭量という精神的次元の低さを許さない。それに、私は高橋家の人がみんな好きなのだ。

そうして、私にまた平穏な日々が戻ってきた。

ある夜、いつものようにベッドのママの横に入ってママの腕に首をのせ、うっとりと目を閉じていると、

「来てくれたの。私のベッドに来てくれるのはもう詩歌だけね」と言って私をぎゅっと抱き締めたのである。折角いい気分で眠りかけたのに、と腹が立った私はママの右腕を思いっきり爪でひっかいてしまった。

「うわっ、痛い」

悲鳴に隣のパパも起きて、消毒するやら薬を塗るやら大騒ぎになってしまった。

そんなことがあってから私はしばらくママのベッドに入れてもらえなくなってしまった。あげくの果てにママは私のことを「このばか猫」などと時々言うのである。「こんなに可愛がっているのにひっかくなんて恩知らず」と言うのである。でも、私に言わせれば自分の平安を乱してほしくないのである。ジロ君のことを思ったり散歩の途中であったことを思い出したりして孤独に浸っていたい時などに抱かれて頬ずりなどされるとうるさくてつい拒絶反応を示してしまう。抱きあげて愛撫する方はそうすることにより自己満足をしているのだろうけれど、される方は、特に気分がのらない時は尚更迷惑なのである。以前、真実さんもひっかいたことがあり、それ以来私を抱く時は前足を握っているという用心深さである。高橋家の人たちが私を愛してくれる、私は愛されてあげる。つまり共存なのである。持ちつ持たれつの関係なのである。人間はどうも自己本位でものを考えるようだけれど、ペットだってもの思う動物なんだから自己主張を認めてほしいと考える私は間違っているのだろうか。

2

朝、七時過ぎになると、猫の「詩歌」がわたしを起こしにくる。

右手でそっと髪に触れる、何回も何回も。それは、ずっと前に亡くなった夫の手よりもずっとずっと優しい。えっ！「猫に手があるの」って？「猫の手も借りたい」ってよく言うでしょ。猫の手は前足なの。猫飼い四十年のキャリアがあるわたしにはちゃんと分かる。戸だって片方の足を隙間に入れて少し開け、次は両足を揃えて自分の体の幅だけ開ける。閉めはしないけれど。皿にある物が欲しい時、おずおずと手を出すけれど、その様子が、遠慮しながら物を取る慎ましい奥様の様な感じで、猫でもやはり悪いことと分かるのかなと感心してしまう。

わたしが外出から帰宅すると、車や門を開ける音で察知して、縁側や玄関に出迎える。サファイヤのような眼をみはり黒い毛並みの両手をそろえて、ちょんと座っている姿はまるで三つ指ついて、だんな様の帰宅を迎える奥様のよう。美しいことといったら、貴婦人みたい。詩歌は二十一年生きているから、人間でいえば百歳。百歳の貴婦人、すごいでしょ。

猫の手は五つの肉球と四つの爪でできていて、感情によっていろいろの表情を見せる。エリちゃんはまだ小学生だから「表情」といってもわからないかも知れないけれどつまり顔のこと。猫の手には優しい顔や怒った顔やびっくりした顔や普通の顔やいろいろの顔がある。

朝、わたしを起こすときはぜんぜん爪を出さない優しい手。横になっているとき、上に乗ってきて顔にキスするので、顎の下をさするととても喜んで、もっともっとさすってと催促するときはわたしの胸をそっとたたく。そのときはすこし爪を出すから、ちょっと刺激がある。詩歌は賢いしマナーも心得ていて、まな板や皿の上に手足を置くようなことはしない。

怒った時やびっくりしたり興奮したりした時は爪を全部出す。そういう時は詩歌に触ったらだめ。ひっかかれるよ。すごい怪我するよ。エリちゃんも知ってるでしょう。従妹のモモちゃんが怪我した事件を。

あの時はね、窓の外に野良猫が来たの。非社交的で友達を作りたがらない詩歌はその野良ちゃんを見てびっくりし、怒ってブーとうなった。その時、モモちゃんが詩歌を抱き上げた。その瞬間爪を全開にしてモモちゃんの顔をひっかいた。悲鳴をあげたモモちゃんの顔は血だらけ。ママがモモちゃんを抱えて医者に走ったという始末。不幸中の幸というのか、目はやられなかったのでちょっと安心したけれど、医者は、傷は細いけれど深いから残ると言ったの。ママはショックで精神不安になり、家事も出来ないほど落ち込んで十日ほどは目が離せなかった。

ママにとってモモちゃんも詩歌も愛するものでしょ。詩歌を憎んで罰として保健所にでも追いやってしまえるならば、むしろやや心の傷も癒えたかもしれないけれど、最愛のもの同士が、害を加え、加えられたわけだから、気持ちの板ばさみになって、苦しみ、心の平衡を失ったわけ。神経内科に三月ほど通うことになった。

モモちゃんは毎日医者に通い、そのうち、三年も経つと傷もほとんど分からないほどよくなったので、それに伴ってママも平常心に戻ったけれど、あの事件は一生わすれられない。

自分が起こした暴力事件で人間たちは大騒ぎしているのに、詩歌はよそ事とばかり平然と食べて寝て窓の外を眺めて優雅に暮らしている。それを見ても、詩歌を憎む気持ちにはならなかった。動物の本能が起こした自然の行動だから仕方がない。エリちゃんにはむずかしくてわからないかも知れないけれど。

詩歌は百歳でお年寄りだから、モモちゃんのママは心配でわたしが亡くなったら、詩歌はどうなるのといつも言ってるわ。

わたしも九十歳に近いから、わたしのほうが先に死ぬと思っているらしい。ひどいわね。

3

外出する時、庭に眠っている詩歌に声をかける。

「行ってくるよ」

帰宅すると、「ただいま」と言う。

それでも、玄関に入る時、ドアの向こうにちょんと足をそろえて待っているような気がしてならない。でも、いない、やっぱりいない。

お前はほんとうにいなくなってしまったのね。詩歌の非在が匕首のように胸を刺す。二十年共に暮らせばペットではなく家族であることを実感する時である。

風呂の出口で私が出てくるのを待っている時もあった。朝、髪に触れて私を起こすこともあった。私の言葉がわかった。「おいで」と膝をたたくと、膝に乗ってきた。

こう書くと、素直な優しい猫にみえるが、人を食った冷淡な面もあった。病気を拾わないように、行方不明にならないように、外に出さず家の中で飼ったが、外に出たい詩歌は隙をねらっては家から脱出した。心配して名前を呼びながら家の周りを探してもいないので、がっくりしてふと上を見ると、樹の上に登って私たちを見下ろしているのである。ニャーともミーとも言わない。でも、その姿が、菱田春草の「黒き猫」にそっくりなので、ほれぼれと見とれてしまい、怒る気にもならない。鋭い目の精悍な表情にわが猫ながら素晴らしいとうっとりする。

ものを書いている時、はずした眼鏡を下に蹴落として膝の上に乗ってくる。まるで、「そんなことしてないで私に付き合って」と言わんばかりである。

思えば詩歌が我が家に来たのは二十年前である。目も見えない生まれたばかりの仔猫を拾ったのが次女の友人だった。アパート住いで飼えないので、次女が譲り受けたというわけである。詩歌が家に来た時、我が家は四人家族だったが、長女が就職で独立し、次女が進学のため家を出、夫と二人の生活となり、五年経って夫が亡くなった。横になっている夫の足元でじゃれていた詩歌は夫のいなくなった意味がわかるだろうかと私は思ったりした。

詩歌の行動がおかしくなったのは、飼い始めて二十年と三ヶ月たった頃である。人の年齢でいえば、百歳と三ヶ月である。糞と尿を所構わずするようになった。あまり鳴かなかったのに太いだみ声でよく鳴くようになった。私のベッドに来なくなった。固形のペットフードが食べにくくなった。医者に診せ柔らかいフードに変えてもらった。医者は、私の訴えをいろいろ聞くと、

「この歳で生きてるだけで立派ですよ」

と言った。

食が細くなり、食べなくなって一両日経った朝、横になったまま動かなくなった。暫くして、タオルにくるみ、抱いたり横たえたりして様子を見ていたが静かに眠っている感じである。老衰死ってこんなに安らかなものなのだろうかと思った。夕方になって、腕の中で静かに息を引き取った。耳をぴっと震わしたのが臨終だったと思う。

好きだった庭の樹の下に葬った。魂が木に登って私を見下ろすことがあるかも知れない。

木の葉が詩歌の墓の上に降り積もっている。年毎に葉が降り積もり重なり、風や雨から詩歌を守ってくれるだろう。安らかな眠りのために……。

4

長く飼っていた猫が死んで半年以上経った。寂しくてたまらないので、一念発起同じ黒猫を飼うことにした。行き付けの獣医師に頼んでおいたところ、一ヶ月ほどして可愛い黒猫が入ったという連絡があり、早速もらってきた。生後一ヶ月弱で目の大きい雌の黒猫である。尾が二十センチほどあり、長いのが特徴である。前の猫が「詩歌」という名前だったので、こんどは英語で同じ意味の「ポエム」と名づけた。

名前にふさわしく静かでおとなしいのは、来て二、三日のこと、間もなくすごく暴れ猫のお転婆であることがわかった。文字通り「借りてきた猫」だったのはほんの数日だった。胎のなかで母親の乱暴狼藉を見てきたらしい。

今まで何匹も猫を飼ってきたが、こんな暴れ馬、いえ暴れ猫を飼ったことがない。棚の上の物は蹴落とし、襖《ふすま》は破り、ごみ箱は漁り、漁ったごみを散らかす。網戸に登るのは得意中の得意で、するすると登っていく。それはよいが、重みで網が取れて柱で爪を研ぐので、その部分がすり減ってしまう。それが大きくなれば柱も危うくなる、ままよ、家がこわれても猫と一心同体だと覚悟した。身軽ですばしこく、部屋から部屋へ飛び回るのだ。尾が長いので、まるでモモンガーが飛んでいるようだ。

先日もこんなことがあった。風呂の湯加減を見ている時、ドアから入ったと思ったら、湯船にとびこんだのである。湯は猫が沈むくらいは張ってあるので、一生懸命這い上がろうとするけれど、ステンレスなので滑って這い上がれない。私はちょっとの間見ていた。このまま放っておいたら溺れ死ぬだろう。そうすれば、この厄介な事態から逃れられるだろう。そんな思いが一瞬よぎった。でも、私の手はポエムを取り上げた。ポエムは身体をブルブル振るって飛沫をまき散らしながら逃げて行った。

おまけに噛みつき猫である。何でも噛みつく。抱けば手に噛みつく。甘噛みのつもりだろうが、結構痛いのである。幼いのに歯が鋭い。痛いので追い払うと、またすぐ噛みつく。面白いのか向かってくるのである。

いつも元気に動き回っているが、静かな時もある。

窓越しに庭を眺めている時である。庭にくる鳥を眺めているのだ。雀や鳩がよく来るのである。動くものが好きだから好奇心を持って見ているのかもしれないし、とらえて噛みつきたいと思っているかもしれない。とにかく庭にくる鳥はポエムの関心の的なのである。

ポエムの唯一の長所は人懐っこいところである。家に来る人誰にでもすり寄って親愛の情を示す。私が横たわっていると、上に乗ってきて顔をすりつけ、キスをする。鼻を噛もうとする。それは我慢できないから私は顔を背ける。胸に顔をすりつけ、グルグルとのどを鳴らす。フミフミもしょっちゅうする。フミフミというのは、母親の父が出るように足で軽くたたく仕草だが、私を母親と思うらしい。智恵もあり、ドアは体をノブにぶつけて開けてしまう。引き戸はきつい方とゆるい方を心得ている。礼儀もある。散歩から帰れば、「ミッ」と短く鳴く。有難うの挨拶は「ミー」である。おねだりをする時は細く甘えた声で「ミュー」と鳴く。

人を食ったこともする。姿が見えないので心配して、名前を呼びながら家中探し回り、途方に暮れてふっと上を見あげると棚の上から黙ってわたしを見下ろしている。いつも見上げてばかりいるから、たまには見下ろしてやると言わんばかりである。庭の棕櫚の木にシュルシュルと登って「どうだ」と言わんばかりに見下ろす。私の足腰の悪いのを見通している眼だ。

一番困るのは私の行き先すべてについて回り足元につきまとうので躓《つまず》いて転びそうになることだ。ずいぶん以前にものに躓いて転び、二ヶ月整形外科に通ったことがある。こんなに足元につきまとってはいずれ転ぶことは目に見えている。また、図書館で借りた本にじゃれて、噛みついて破ってしまったことがある。司書に謝って弁償せずにすんだが、あの時はほんとうに困ってしまった。

大変な猫を飼ってしまったと後悔したが、今さら獣医師に返すわけにもいかない。思い余った私はポエムを捨てることにした。場所はコンビニの傍で裏には畑が在る所にした。時々行く店で、前に道があるが、車の通行はあまり多くないので轢かれる心配は少ないだろう。それにコンビニの傍にいれば残飯にありつくこともできる。私の家から車で五分くらいの距離だ。当日夜九時ごろ目的地まで行って籠からポエムを出し、地面におろすと周りの匂いをかぎながら、畑の方へ駈けていった。首輪をつけているし、人に懐いているから、誰かが拾って飼ってくれるかもしれないと勝手な言い訳を良心にして自分を慰めた。

一週間ほど経ったある夕方帰宅すると、玄関の前に黒猫が前足をちょんと揃えてすわっている。よく見るとポエムだった。私は思わず抱き上げて「ポエム、ポエム」と呼んだ。顔をすりよせて、キスをしてのどを鳴らせば、再会の感動的シーンになるところだが、またもや手に噛みついたのである。相変わらずだと思いながら、この腐れ縁を続けるしかないと私は思った。歳をとれば、少しはおとなしくなるだろうか。

ブラン恋しやホーヤレホ

片手に載るほどの子猫が三匹、パンジーや侘助《ワビスケ》の咲く五月の庭で遊んでいる様子は、心温まる情景であった。

母猫はきじとらで、親猫にしては小柄だったから、初めて産んだ子供だろうと和美は思った。子猫は二匹が茶トラで、どちらもよく似ているが、やや大きい方が少し可愛かった。眼が大きく美しかったその上、顔全体における眼と鼻のバランスがとれていた。あとの一匹は黒猫だった。黒い毛並みの中に黒い眼と鼻がついているので、よほど近くで見ないと分からない。近づくと母親が警戒して唸り声をあげる。子猫も逃げるのでなかなか近づけないが、ちらっと目にしたところによると、小さい顔に涼しい眼と黒い鼻がちまちまとくっついている容貌は噛みつきたいほど愛らしかった。

母猫も顔が丸く目鼻立ちは良かったが、野良猫の猛々しさが面構えにただよい、毛並みも荒れていた。しかし、母性は十分で、和美が与える餌を先ず子猫に食べさせ、余った分だけ自分が食べた。また小さい体にもかかわらずゆっくりと十分に母乳を飲ませた。和美と娘の里奈が子猫に触れたくて近づくと、上唇をあげて唸り、敵意をあらわにした。

子供は二十年ほどの預かりもの、というのは人間の世界のことで、猫にとっては子供はせいぜい三ヶ月くらいの預かりものである。この猫ファミリーにとって今は一生のうちの最も充実した幸せの頂点である。子供も手が離れ、五十代で夫を亡くし、人生のターニングポイントを既に過ぎている和美にとって、この猫ファミリーは聖家族とも呼びたいほど貴重な存在に思われ、睦み合う母子の姿を見ることでほのぼのとした幸福感を覚えた。和美はこのファミリーから目が離せなくなってしまった。

和美と里奈は毎日餌と水だけは絶やさないように気をつけた。子猫を抱きたくてたまらない二人はつかまえようと苦心したが成功しなかった。

そのうち二人は奇妙なことに気づいた。時々四、五日ほど姿を消すのである。現われて一週間ほどいたと思うとまた数日いなくなり、もう来ないのかなとやきもきしているとまた四匹で現われるのである。つまりどこかで餌をもらっていることがわかった。

和美と里奈は、この猫ファミリーに餌を与える当の家を突き止めることにした。五日ほど居てそろそろ出掛ける頃かなと注意していると、母親が門を出ていくのに従って三匹がそろって門の向こうに消えた。二人は履物もひっかけるようにして後を追い掛けた。隣家の横をゆるやかに曲がっている路を通って少し広い道に出る。それを突っ切って三百米ほど行き、左折すると小屋と呼ぶのにふさわしい小さな古い木造の家があった。その前に来ると母猫が歩みを止めて寝そべった。子猫たちは母親の体にじゃれつき始めた。ここだ、と和美は思った。

「うちから近いねえ」

と里奈が言った。

区画整理が終わってからこの辺りは新興住宅地域になり、大きくはないが新しい家が整然と並んでいる。その中でこの壊れかけた粗末な家は時代に取り残されたまま朽ちてごみになりやがて消えてゆく風情だった。自分の家から直線距離にして四百メートルほどのところにこんな家があったことに和美は驚いた。

傾きかけた庇《ひさし》の下に六畳と四畳半ぐらいの部屋がならんでおり、その間にある一米ほどの煤けたガラス戸が出入口らしかった。

東側の大きい方の部屋から猫の鳴声が聞こえてきたので、近づいてテープでつぎはぎしてあるガラス戸を覗くと、様々な毛色をした猫がひしめいていた。端が五十センチほど錆だらけの網戸になっており、そこから六月のむんむんした熱気と匂いと鳴声が漏れていた。三毛、茶、焦茶、ぶち、きじとら、あらゆる種類の猫がざっと三十四、寝そべったり、じゃれたり、歩いたり、眠ったりしていた。

二人がびっくりして覗いていると、ガラス戸が開いて老婆が出てきた。白髪の目立つ髪の毛と顔の皺と曲がった腰から推し量ると、九十歳近いと思われた。洗い晒しのくすんだ白の上着に黒いズボンを穿いていた。それに濃紺の汚れた大きいサロンの前掛けをしていた。

「どちらさん？」

「近所の清水です。あの子たちに餌をあげてる者ですけど……」

と和美は猫の親子をゆびさしながら言った。

「ほうかのう。ほりゃまあ、ありがとさん」

背が低い上に腰が三十度ほど曲がっているので、和美の顔を見上げる時腰を伸ばすようにして老婆は応えた。

「猫をたくさん飼ってらっしゃるんですねえ」

「みんな捨て猫や。うちへ来る猫に餌やっとったらこんなに増えちまった。今はあかん。みんな責任持って飼わん。子が産まれるとすぐ捨てる。この子んたあになんにも罪なあ。悪うのは人間や。わしはなあ、ちょっとばかの年金みんな餌に注ぎ込んどる。みんなわしの可愛い孫やわー」

部屋の中にいる猫たちを見やりながら老婆は言った。

「あの猫たちは……」

と言って和美が猫ファミリーを指差すと、

「あのきじとらは餌やってもなつかずすばしっこてちょっともつかまらんもんでな、外で飼っとったら妊《はら》んでしまってなあ。親に似て子供んたあもすばしっこてなあ。困っちまう」

そんなことがあってからも猫たちの行ったり来たりは続いた。

しばらくして、里奈が母猫を不妊手術に連れて行った。かかりつけの獣医からケージを借りてきて中に餌を置き、餌を目当てに猫が入ったら入り口が閉まるように工夫してつかまえたのである。

六月の中ごろから黒い子猫が姿を見せなくなったので心配して老婆の今井さんに聞きに行ったところ知り合いに貰われていったとのことで二人は大喜びした。

残った二匹の子猫を本格的に飼うことにし、名前をつけた。二匹とも茶トラである。ハンサムな方をブラン、もう一匹をチーズと名付けた。ブランは仏語で茶色を意味し、チーズは食いしんぼうらしい性質に因る。

七月に入ると、暑さのせいかチーズが体調を壊し、動きが鈍くなった。そのため、今までつかまえられなかったのが、簡単に捕まったので医師に診せた。胃腸障害ということなので、家の中で飼うことにしたが困ってしまった。もともと和美の家には飼って十年経つ「詩歌」という黒猫がいるのだがチーズを部屋に入れた途端、彼女が唸りをあげて飛びかからんばかりだったのである。やむなくチーズは二階で飼うことにした。食いしん坊で悪食で鳴きみそのチーズは高い声でしょっちゅう鳴いている。

さて、ブランの方も正式に飼うなら医師に診せて健康診断とワクチン接種をする必要があるので、つかまえようとしたが、すばしこい上に母親が警戒するので骨が折れた。母親を見倣うのか母親がいる時は特に警戒心が強い。母親が不在の時をねらい、餌で釣ってようやくつかまえ、医者へ連れてゆき予防接種をした。しかし、これも詩歌の攻撃に遭い、やむなくしばらく軒下で飼うことにした。

いろいろ工夫しててなずけるとブランは容易に抱かれるようになった。母親は唸るが攻撃してくる様子もないので、しょっちゅう抱いてほほずりしているとすっかり私になついた。私を見つけると入れてくれと言わんばかりに窓をノックする。容貌も貴公子然としているが、性質も落ち着いており愛撫に応える情愛も豊かである。また、チーズと違って滅多に鳴かない。外にいるのに餌以外のものを口にすることはない。そこへゆくとチーズは消しゴムでも花でも食べるので、傍にあるものに気をつけなければならない。

八月に入ると母猫が出奔した。今井さんちにも姿を見せなくなった。子供たちがそれぞれ独立(?)したので、安心して気ままで自由な旅に出たのだろうと和美と里奈は思った。

秋風が立ち始める頃和美は友人と三泊の旅に出た。帰って来るやいなや里奈が言った。

「ブランがいなくなった」

里奈の説明によると、和美が旅に出た次の日にいなくなり、今井さんちにも行ってないということだった。死んだことも想定して周りを探したけれど見つからないと里奈が悄気《しょげ》きっていた。

以後、近所の知り合いに聞いて回ったけれど手がかりは得られなかった。それでも二人はその内帰って来るだろうと思い、毎日待ち続けた。

行方不明になったのが九月中旬だったからもう四ヶ月にもなる。最近は、どこかの家で飼われているにちがいない、家の中に閉じこめられていればわが家へ来たくても来られないだろう、元気だったから死んだとは考えられない、と思うことにした。

どんな家に飼われているのだろう、広い庭で遊び回っているだろうか、車のよく通る道が近くになければいいが、優しくてきれいな女の人に可愛がられているだろうか、美味しいごちそうをもらっているにちがいない、赤い首輪を着けてもらったにちがいない、ブランの幸せな様子をうっとりと思い描いている和美の耳を刺すように二階からチーズの高い鳴声が降って来て、和美はふっと我に返った。いちばん出来の悪い猫が手元に残った、これが現実だ、現実とはこんなものだ、でも、チーズだって大きい青い眼をしているし、何でも口にしてみる様子は無邪気で可愛いと和美は思った。

黒い宝石

「猫と犬、どっちが好き？」と野暮な質問をする人がいる。どっちも好きと答えるにきまっているじゃないの、と夏美は言いたくなる。

猫も犬も人間に親しい動物で、ペットとしても、あるいは人の役に立つ動物としても人とは馴染みが深い。そういう質問をする人は何でも比較して優劣をつけたがるうるさい人に違いない。

猫嫌いのある男が、猫の顔を腹の底で何を考えているのか読み切れないと書いたのを読んだことがあるが、そんなことを言うならば、自分の顔を鏡で映してじっくりと見るがいい。個人攻撃をする気はないが、一般的に人間の顔こそ何を考えているか分からないではないか、下心を秘めていそうな顔に私は思われる。鉄面皮をかむり、それを上手にカモフラージュする醜い顔を持っているのは人間なのであり、動物や、ましてや猫や犬はそのような偽善的な顔は持ち合わせていない。

今日は煙るような明るい日差しが注いでいて、こんな日は犬の散歩も悪くない。

夏美は白いロングスカートと高いヒールの靴を履き、赤いリードを持ってチワワを歩かせる。路は真っすぐがいいし、並木も続いていて、できるならメタセコイアの緑の葉が茂っていたら尚いい。チワワが赤い洋服を着せられて短い脚でちょこちょこ歩く可愛さに通る人たちは足を止めて見とれるだろう。毎日続けたら評判になるにちがいない。「チワワとロングスカートの女」なんて……。

そんな情景をうっとりと思い浮かべながら窓を見ると、日の光を反映して眩しいほどだ。その時ふっと思った。今日はいい天気だけど、雨の日もある。雪や風の強い日もあるに違いない。チワワは雨に濡れて歩くかな。傘もささなければならないし、ロングスカートと滑りやすいハイヒールで颯爽とというわけにはいかないと夏美は思う。

やっぱり猫がいい。猫なら散歩させなくともいいし、私のような怠け者には犬は無理だ。そんな訳で、夏美はずっと猫を飼ってきた。猫飼い歴五十年である。三毛、ブチ、茶トラ、キジトラ、黒猫と様々な種類の猫を飼ってきた。

特に黒猫は長く二十年以上飼い、今に至っている。黒い全身に金色の眼を爛爛と輝かせているその神秘的な美しさに魅かれたこともあるが、猫の歴史本を読んだところ、昔、宇多天皇が黒猫を愛したことが書かれており、ふん、私の感性はまっとうだと胸をたたいたものである。宇多天皇は黒猫は鼠を捕るのがうまいと言い、ねそべっている丸い姿を「黒い宝石」と讃えたと書かれていた。

ちなみに付け加えると、猫は奈良時代に中国から伝来し、清少納言は『枕草子』で猫を中国渡来のブランド動物と賛美している。

今、夏美が飼っているのは黒猫の雌である。雌で大きい金色の眼をした整った顔立ちのなかなかの美女。ベスと名づけた。

夏美と同じ屋敷に住んでいる娘の陽菜のところにも二匹の猫がいる。夏美が陽菜の家へ行くと、ベスもついて来る。ベスの黒い姿を窓越しに見つけると、茶トラの雄の武蔵が敵意丸出しにして唸る。ベスも負けてなるものかとばかり唸る。武蔵も美形だが、人間で言えば齢八十歳。若いベスなどに負けておられるかの勢いである。

唸り合いが続く玄関から遠く離れた奥の小部屋には幼い年頃のニーナがいる。サイベリアン種でふわふわの和毛に厚く覆われていて、丸い毛皮の中にちょんと顔がのぞいている感じだ。毛の色はベージュと茶。猫の美形の条件と言われる丸い顔と大きな丸い目、小さい耳の美しくかわいい雌猫である。

ある日陽菜が隣のN市の塾に子供を連れていく途中で見つけ、友達と三人がかりで捕まえた時は、両手にのるほど小さくかなり弱っていた。人家から離れたアンダーパスの窓にいたのだが、人に懐く様子ではなかったので飼い猫ではないと陽菜は思った。獣医に数回連れてゆき予防注射などをしたが、猫エイズにかかっていると知らされた。

「こんな可愛い猫がなぜあんなコンクリートの砂漠にいたのかねえ」

「捨て猫だろうか、飼い猫が迷ったのか」

「エイズと知って捨てられたのか、それとも野良猫が生み捨てたのかしら」

「エイズでも、いい環境で育てれば長生きすると医者が言ってくれたから大切に育てるわ」

これは陽菜と夏美の会話である。

ニーナは元気に育ち、夏美にも懐くようになった。寒い時期は「つぐら」という暖房シェルターに入っており、夏美が覗くと青い目の奥から見張っている。

ちなみに、「つぐら」というのは餅米の藁で編んだ直径四十センチほどの丸い袋状のものである。田舎の主婦たちが手で編んだものだと新聞で読んだ。天然素材で心のこもった暖房具に守られてニーナは元気に育ってゆくに違いない。

エッセイ
裂けたスカート

戦災の記憶

私が今住んでいる春日井市の王子製紙の場所に戦前あった兵器工場が、私の生まれ育った岐阜県瑞浪市の稲津町に疎開したのは奇縁だったと思う。昭和十九年頃だったと記憶する。

城山の麓のうっそうと茂った樹々に隠れるようにして工場はあったが、米軍は確実に探知していたのだった。その工場を標的にした爆弾が民家を直撃し一家全滅だった。私の家から直線距離にして一キロに満たない近さだった。爆弾の破片が我が家のあちらこちらに穴を開け、蔵にしまってあった土雛を全部割ってしまった。幸いわが家に怪我人はなかった。

田舎なので、前述の爆撃以外に大きな戦災はなかったが、様々な面で銃後の生活も変貌を余儀なくさせられた。

学校への往復には、今は防災頭巾と呼ばれる「防空頭巾」なるものをかぶった。空襲警報のサイレンが鳴ると路にぺったりと腹這いになり飛行機の通り過ぎるのを待った。サイレンには警戒警報と空襲警報の二種類があり空襲警報は脅すようなアクセントがあり一秒ほどの間を置いて繰り返し鳴り響いた。この二種類のサイレンの音色は今でもはっきり耳に残っている。

学校の運動場は一部分畑になり、サツマイモや大豆を育てた。砂地なので肥料気がなく、うまく育たなかった記憶がある。

私は国民学校の低学年だったが、午後は授業中止で葛《かずら》や桑の木の皮剥ぎをした。兵隊さんの服を作ると聞かされていた。葛は山の中へ入らなければならなかったのでかなり難儀をした。けれど子供ながらに必死で苦痛ではなかった。

疎開児童等のため教室が不足し、講堂を仕切って俄《にわか》教室が出来た。薄い板一枚の仕切りなので隣室の声が筒抜けだった。教科書はパンフレットのような薄いものだった。朝礼では出征する兵隊を大勢見送った。

私の生家は田も畑も広くあり、五反以上の田に米を作ったが、白飯は食べられなかった。村長（あの頃は稲津村だった）の方針で供出米を多く課されたのである。山に生えるリョウブの木の芽や大根、サツマイモをご飯に混ぜた。特にリョウブの芽の舌を刺すザラザラ感は忘れられない。畑も広く野菜を作っていたのでひもじい思いはしなかった。しかし、サツマイモもニンジンも葉も茎も食べた。野菜は部位の全てが食べられることを知った。

隣家のおじさんは沖縄で戦死された。五人の子どもと老母を残して、一人息子だった。戦後五人の子どもを育てられた連れ合いのおばさんの奮闘ぶりは涙ぐましいものがあった。子どもたちと友だちだったのでよく行き来したが夜も昼も機械で縄ないをされて生計を立てられた。戦後、足踏み式の縄ない機が普及していた。

沖縄に行った時、「平和の礎《いしじ》」の多くの名前の中に、隣のおじさんの名前を見つけた。名前を撫でながら、恰幅のいい優しい面影を思い出し涙を禁じ得なかった。

生家も父を始め三人の叔父たちが出征したが全員無事帰還した。祖母は友人である隣家のおばあさんにいつも「申し訳ない」と謝っていた。祖母は一人息子を失った友だちへの慚愧《ざんき》の思いを死ぬまで抱いていた。

山間の村に爆弾が

東濃の山に囲まれた村に（今は町）爆弾が落ちた。昭和二十年の春のことである。大東亜戦争の終末期である。

こんな山奥が爆撃されるなんて誰も思わなかっただろう。空襲警報のサイレンが鳴ると、裏山に掘られたほら穴式の防空壕に隣近所で呼び合って避難していたものの村が爆撃されたことなどなかった。小学生だった私は、登下校の途次、空襲警報がなると、路にばったりと腹這いになり、目と耳をおさえるきまりを守っていた。防空頭巾も常に用意していた。共用の防空壕がやがて各家庭で独自に作った防空壕となり、狭い竪穴に避難するようになった。そんな様子で戦争の暗い影は村を覆っていたが都市に比べればまだ平和だと言えた。

そんな中で落とされた戦争末期の爆弾は一軒の民家を直撃し、一家全滅だった。家族六、七人が即死だった。

朝であった。すごい轟音が十秒ほど続いたので、私は思わず祖父の肩に縋《すが》り付いたのを覚えている。それから半鐘が鳴り周りが騒がしくなった。サイレンも鳴った。隣近所の人々が外で「爆弾だ！　爆弾だ！」と叫んでいた。それからの詳しいことは覚えていないが、後日、現場を見に行ったら、とてつもなく大きい穴がずんぐりとあいていたのが印象に残った。私の家から直線距離にして一キロほど離れていたが、鉄の破片が家の壁をぶち抜いた。

その爆弾は、普通の平凡な一家を狙ったものでは勿論なく、南東へ一キロ半ほど離れている兵器工場を標的にしたものであった。その工場は、現在私が住んでいる春日井の王子製紙の所在地にあった鳥居松工廠であった。戦禍を逃れて、山奥の盆地の山の中に疎開したのであった。その山は「城山」と呼ばれ、村を囲む山の中では最も高い山である。城跡があるので「城山」と呼ばれる。若い頃登ったことがあるが、石垣だけが一部残っていた。確かなことは不明だが、明智光秀の縁戚に関わる城であり、工事の途中で築城が中止されたという話を聞いたことがある。木が鬱蒼と茂り、木の蔭になって工場の建物は見えなかっただろうが、アメリカは既に工廠の移転を察知していたことが分かる。

工廠の移転と共に、工員も大勢移って来て、近辺に住むことになった。私の実家も旧家で、離れが二つ、三つあったので、そこに女工さんたちが住み、山の中の工場へ働きに出た。彼女たちは簡単な炊事場を作り、自炊していたので、時々顔を合わせる程度で深い交わりはなかった。それでも、若いおねえさんたちの姿で賑やかなのが子供心に嬉しかったのを覚えている。

実家では、毎年雛祭りを盛大に行った。母の雛と私の雛の段飾りが二組あり、それに加えて、色とりどりの土雛が沢山あった。それらを飾ると、二メートルほどの高さに幅が三メートル余あり、八畳の部屋を半分占める豪華さだった。土雛は、平安時代から室町時代までの人物像が殆んどで、極彩色が施されてきらびやかだった。

後年嫁いでからそれらの土雛が欲しくて母にねだったところ、あの時の空襲で全部割れてしまったということだった。土蔵にしまってあった割れ物は皆一つ残らず壊れてしまったのである。爆風のすごさが想像できる。

馬に跨《またが》る熊谷直実の勇姿や、義経等三人の息子を従えて雪の中を歩く常盤御前の楚楚とした姿が眼前に蘇り、愛惜の念と共に爆弾の猛威を改めて痛感した。

東日本大震災に直撃されたり、ひどい戦禍を受けたりした人々のことを思えば、私の災害の体験など軽いものである。それでも、あの爆撃の記憶は終生消えることはないだろう。また、それと共に、私の故郷の村に疎開した兵器工場が元存在した春日井市に私が嫁いだ縁というのも不思議なものである。ひょっとしたら、私の実家にいた女工さんの誰かと春日井市の道ですれ違っているかも知れない。

裂けたスカート

交差点を渡ったところで前の車が動くのを待っていた。対向車線を大きいダンプカーが走ってきて、ウィンカーは右折を示していた。そして右折したと思った途端車の後に鈍い衝撃を感じた。接触だなと思って後ろを振り向いて見ると当のダンプカーは走り去っていく。当て逃げだとわかり急いで車のナンバーを頭に入れ、傍の紙切れにメモった。道路脇に車を停めて、車の後を見ると、テールランプの赤いガラスが割れている。大した衝撃感ではなかったが、結構やられていた。念のためケータイで写しておく。

その日は一日中、怒りと迷いと恥ずかしさでいらいらした。怒りの的は当て逃げした運転手である。汚いダンプカーで当て逃げした男、頑丈な体格でふてぶてしい粗野な風体のイメージが浮かぶ。刺青ぐらいしているかも知れない。相手の車のナンバーはわかっているし、当の車も何らかの傷がついている筈だから、警察に連絡すればすぐ見つけられるが、そんな男と警察署で対面することが憂鬱だ。書類も書かされるから、住所も名前も知られるにちがいない。そんな男と関わりを持つのはごめんだ。

ずっと以前、車同士が接触したりぶつかったりした場合「ばかやろう」と最初に怒鳴ったほうが勝ちだと聞いたことがあり、そんな無体な、と憤慨したことがあるが、一面、真理でないこともない。全く片一方が悪いと言えないからである。でも、今回の場合、私の車の尻は横断歩道すれすれで止まって待っていたので、私に非があるとは思えない。今頃あの運転手は居酒屋でビールのジョッキを傾けながら言い訳を考えているだろうか。それとも案外小心で内心ビクビクしてやけ酒でもあおっているだろうか。

警察に届けたほうがいいに決まっているが、どうも気が進まない。行き付けの車屋で見てもらったところ、修理費は三万円ぐらいだと言う。三万円かダンプ男か、迷った挙句三万円を選んだ。災難だと諦めよう。

その事故のあと一年ほどして、バックで柵にぶつけて後ろのバンパーをへこませてしまった。かなりの重傷である。直ぐには修理できなくてそのまま暫く乗ることになった。自宅が交通に不便な所にあり、車は必需品である。毎日の勤めを持っている私にとって、バス停まで十分以上歩き、一時間に二本のバスは不便である。だから、私は車は贅沢品という意識はない。しかし、軽くぶつかっただけで傷がつき、修理に何万円とかかるのはやはり贅沢品だと思う。もう少し堅固なボデイに作ってもらえないものかと文句も言いたくなる。

ともあれ、今度の事故は前とは違う。自分のミスで起きたことである。バンパーを含む後部の大きくへこんだ様子は後続車に歴然と目に映ること間違いなしである。その恥ずかしさは裂けたスカートを穿いて歩くのに似ている。前の事故のテールランプの破損だって大きさの違いはあれ、目に映るのは紛れもない、しかし、前の事故は自分のミスではない。私は被害者であるという気持ちが恥ずかしさを薄めた。でも、今度の場合は自分の過ちである。後ろの裂けたスカートを穿いて歩く恥ずかしさは耐えられないことだった。

そして、恥ずかしさは自分の心の問題だということに気づいた。自分に恥じることでなければ恥ずかしくないのだ、人目なんて関係ないのだと思い至った。

麻雀ゲーム

あなたの頭の中はどうなっているの、短歌を作り、本を読むことを生活の指標にしていながら、一方で麻雀にうつつをぬかすとは、と彼女が言うので、納得できるように心のありったけを話そうと思います。

断っておくけど、麻雀と聞くと、世間の奥様方が美しい眉をおひそめになる傾向があるけれど、それは全くの偏見というものですよ。それは、麻雀というすばらしい頭脳ゲームを侮辱するものだわ。ひいては、このゲームを創った中国の哲人に対しても失礼というもの。麻雀にダーティな印象を植え付けたのは日本人なのです。

中国では日常に家族や友人と楽しむ頭脳ゲームとして定着しており、遊歩道や公園で和やかに興じている様子を見たわ。

くどいようだけど、私の麻雀は、賭け事でもなく、勿論博打でもなく、正しいマナーを守り、全頭脳を駆使して行う純粋な知的ゲームなのでご心配なく……そして面白いことこの上なしというわけです。面白いことはこっそりと内緒でやるのが一番。下手に話そうものならやっかみが入って碌なことはないと思いませんか？　だから、私が麻雀にはまっているのは、近い身内か心の許せる友人しか知らないのです。

私の通っている麻雀道場は昇段式で、初段から九段までの段階があります。一チャンするのに一時間二十分かけるけれど、その間雑念を払い去って全神経を集中しなければならない。無駄話は一切厳禁、ほとんどチー、ポン、カン、ロンの発声のみで進む。一時間二十分の緊張と思考力、精神力の集中は私にはとてもいい脳の鍛錬になると思っています。呆け防止に役立つのはこの点を指すのではないでしょうか。

それより最も魅力的なのは、ゲームだから当然だけど、面白いことです。役満ほどの高い手を仕掛けて待っている時の気持ちは、ワクワク、ドキドキ、心臓が破裂しそうです。その手に誰かがかかり放銃したら心身舞い上がるほどの喜びです。三万点持ちのところに千四百点とか一万八千点などの高得点が入るのです。逆に高い手に放銃してしまえば、場合によっては、持ち点がマイナスになり点棒を借りなければならなくなってしまいます。そうなるとストンと地獄落ちです。舞い上がったり地底に落ちたり、その落差が刺激的で面白いのです。

あなたの通念からいうと、文学、文芸と麻雀は異質なもののようだけれど、それはあなたの狭い了見と偏見だと思います。文学と麻雀は昔から結構関わりあってきたものなんです。芥川賞や直木賞を創設した菊池寛は大の麻雀好きで、日本段位麻雀連盟を創始したのは彼なのです。名だたる文学者でも麻雀の巧手は大勢いるんですよ。

文学は人間を描くものであり、人間の心理や行動などを追求して、人間性を探求するものです。

麻雀は性格を如実に反映します。麻雀を百回共にすれば性格がわかると言えるでしょう。麻雀仲間もいろいろあり、「塵も積もれば山となる」と言いながら安くてもあがり、大きい放銃をしょげる初歩型、自分があがることを諦めても危ない牌は捨てない慎重タイプ、作り上げた手はくずしたくないから、危険牌でも捨てる猪突猛進型、捨て牌から何を待っているか見抜き、うまく切り抜ける知能型、高い手で上がりそうだと見るやサッと千点であがって終わらせるかごぬけ型、ツキがないと思えばさっと諦めてゲームを止めるツキ神信奉型、うまくいかないと怒りだしたり、運を口やかましく嘆くヒステリータイプなど様々な人間模様が出現するのです。痛快で諷刺的なドラマが生まれそうです。

文学と麻雀は無縁のものではなく、神髄に通底するものがあることをわかってもらえたかしら。七・八・九段のような高段者とやって勝てるわけがなく、私は三段を十年以上続けていて、最近は勝敗にこだわらぬようにしています。それよりも、高いいい手を作ろうと努めているのです。また、メンバーを見て勝者は誰か、ドベは誰かなどと予想するのも楽しいものです。

私の所属している麻雀道場は、成績によって初段から九段まである段位制で金には縁がないけれど、一回ぐらい賭けて、十万円ぐらい儲けたり、すったりする賭けもしてみたいなとひそかに思う時もあるわ。そうしたら、スリルがあって面白さがずっと増すだろうなと想像するのです。

同級生のK氏が言った言葉を思い出します。

「賭けるから麻雀は面白いんだ」

これも真実でしょうが、麻雀のような素晴らしい頭脳ゲームを賭け事にして貶めるのは冒涜というものです。このゲームを発明した中国の賢者に対して申し訳ないと思うのです。

エジプト旅行記

平均気温四十度という七月のエジプトへ行くことになった経緯には、家庭の事情も同伴の友人の都合もあった。しかし、一番の理由は、暑い所へは暑い時に行け、寒い所には寒い時に行け、という言葉もあるではないか、猛暑も観光の一つ、という思いが強かったことである。

エジプトでは、マラリヤにかかりやすいとか、下痢をする人が多い、紛争が起こっており危険だなどと散々脅かされたわたしは、かかりつけの医者へ行き、下痢止めの薬、胃腸薬、睡眠薬をもらった。梅干しもたっぷり用意した。生水は飲めないが、ミネラルウォーターが現地で買えるということを旅行社から聞いていたものの、念のためミネラルウォーターのボトルと缶入りのお茶も用意した。湯沸かし器も持った。準備万端整えたつもりだが、不安はまだあった。スケジュールには十五回のフライトが組み込まれている。飛行機ぎらいのわたしは、「無事かえる」のおまじないと言って友人がくれた陶器の蛙を大切にバッグの底にひそませた。

関西空港のエジプト航空機の座席に着いたのは、七月二十五日の午後一時半だった。窓から覗くと、エジプトのホルス神が飛行機の翼の先端に止まっている。金色の羽に赤い顔の鳥の頭部が紺の地に描かれている。鋭い目で空を見据えている鳥は威風堂々としていて、わたしの不安感を吹き飛ばしてくれるようだった。

十四時間半のフライトでカイロ空港に着陸した瞬間、後ろの方で「ブラボー」という叫び声とともに拍手の音がした。振り向くと、エジプト人らしい男が立ち上がるのが見えた。それと同時に大勢の拍手の音が機内に沸き起こった。わたしも万感の思いを込めて拍手した。何回も飛行機に乗ったが、こういう光景に出会ったことがない。賞賛と感謝の思いをこのようにナイーブに表す人間性に感動した。国民性なのだろうか。日本の男は決してこのようには表現しないだろう。できないのか、あえてしないのか。それはともかく表現がヘタなのは確かである。

とうとうエジプトだ、ここはエジプトなのだ。安堵と期待と好奇心のいりまじった複雑な感動に張り裂けそうな身を支えながら、タラップを降りて入国手続きに向かった。目に入る文字という文字はまるで横に連なった絵のようだ。これがアラビア文字というものか。鰐がいて蛇がいて、その次はとぐろをまいた蛇の上にスカラベが乗っているようだ。アルファベットとも仮名とも漢字ともまったく別物である。この不思議な文字にわたしはたちまち魅了されてしまった。全く意味の分からないアラビア文字ばかりをきょろきょろ見て歩いた。

パスポートの検閲に並ぶ人々はほとんどエジプト人である。裾まであり、ウエストをしぼらないワンピースのような服を着る男の一団は、ひときわ注目をひいた。特殊な宗教団体かと思ったが、そうではないらしい。民族衣装のガラヒーヤであることを後で知った。年配の女性はほとんどどみんなチャドルかペジャブをしている。チャドルというのは、全身を黒い布で包み、目だけ出した服装である。ペジャブは髪だけを包むスカーフの一種である。検閲はゆっくりで、長い人の列はなかなか縮まらない。四十分ほどかかって検閲が終わり、空港のビルから出ると、柵の向こうに出迎えの人々が押し寄せていた。それは、まさに群衆と呼ぶにふさわしい数の人々で、まるで柵を押し倒すばかりの熱気だった。出てくる人々の中に目当ての顔を見つけて、微笑む人、うわずった声で名前を呼ぶ人、歓声をあげる人、抱き合う人等、それらの感激のるつぼは、着陸の瞬間に「ブラボー」と叫んだ男にも通じるものであった。

第一日目の宿はフォート・グランド・ピラミッドである。ピラミッドまで歩いて行けるのが特長である。食事の時、水は勿論のことサラダも駄目ということなので、サラダのかわりに西瓜で我慢した。歯磨きで口を漱《すす》ぐ時も水は駄目だと言われたので、ミネラルウオーターを使う。ブラシも洗うと、一回で五百ミリリットル入りのボトルが空になってしまった。以後、数回水道水で口を漱ぎかけた。水道水をすべてに使うことのできる日本のありがたさを思い知らされた。また、毎日思いの外たくさんの水を使っていることを痛感させられた。

翌日はいよいよ観光である。午前中はギザの三大ピラミッドとスフィンクスを見る。撮影料各五ポンド支払う。一エジプトポンドは約三十四円なので、日本的評価で言えば高価というほどではない。ちなみにホテルのコーヒーは七ポンドだった。

現地ガイドは、中谷という二十代の男性である。同行十人のツアーのわれわれに丁寧に説明してくれるこの若者は、日本のある高校を卒業するとインドへ行き、そこに数年滞在した後エジプトへ来て、ガイドをしているという経歴の持ち主である。線は細いが親しみのある好青年である。

さて、三大ピラミッドは、カイロの南西の砂漠の真ん中に建っており、北からクフ王、カフラー王、メンカウラー王と建造年代順に並んでいる。古いものほど規模も大きいという。最大規模を誇るクフ王のピラミッドは、別名「大ピラミッド」とも呼ばれている。内部の参観も許されているが、その入り口は墓泥棒の盗掘口だったところである。全長約四十メートルの上昇通路を身をかがめて登り、大回廊を通ってたどり着いた王の間は、大理石で六面を覆われた十畳ぐらいの部屋であった。隅に置かれた石の棺らしいもの以外何もない。

カフラー王のピラミッドは、保存状態が最もよく、現在では最も高い。東にある葬祭殿から五百メートルほど参道を行くと、巨大な人面獣身のスフィンクスがそびえている。この顔はカフラー王のものと言われるが、一部分がこわれているので、どう見ても美男とは言えない。こんなに醜い顔を後々まで世界にさらすことになろうとは、さすがのファラオも予見できなかったであろう。

機械文明の乏しい紀元前に、このように巨大な建造物を造らせたファラオの権威の強大さに眩暈を覚えた。労働力の中心となったのは、ナイル河の氾濫で農作業ができない一般の農民であったと言う。労働者たちには、食糧などで手当てが支給された。単に生活のためだけではなく、人々は、神である王のために、永遠を象徴するピラミッドの石を積み上げる作業に加わることにより、自分たちの死後の平安を同時に願ったと言われている。一言で言えば、敬虔な魂の所産である。

帰路、バスのそばでTシャツを売っている。こんな熱砂の砂漠の真ん中でも商売をするのかと驚く。エジプト綿の生地に世界最古のカレンダーや時計等の模様が描いてある。一枚千円だった。土産に二枚買う。

午後はメンフィス、サッカラ、ダハシュールを観光する。メンフィスは、紀元前三千年頃エジプトの首都として栄えた古い都である。ラムセス二世の十五メートルの、横たわる巨像が印象的だった。新王国第十九王朝のラムセス二世は、異常なほど自己顕示欲が強く、あらゆるところに自分の像を建造したり、銘を彫ったりしたことで有名である。その顔は、彫りが深くて端正であった。ラムセス二世の巨像の東にはアラバスター製のスフィンクスが座っていた。一九一二年、椰子に覆われた丘の中から発見されたものと言われている。カフラー王のスフィンクスの七分の一しかないが、顔も壊れていず、優しい表情には親しみが感じられた。

サッカラの階段ピラミッドは、ジュセル王が造らせたもので、エジプト最古の石造建築物であり、世界最古のピラミッドでもある。六段の階段状になっているのは、王が死後、天に昇るためとも言われている。死後の世界を篤く信じていたエジプト人とは、まさにわたしにとって異星人ともいえる存在である。

三日目は、アスワンの南にあるアブシンベル神殿を観る。これは、ラムセス二世の建造物で、ラムセス二世の巨像のレリーフの美しさに目を見張った。この神殿は、アスワン・ハイ・ダム建設により現在の場所に移されたと言う。撮影料五ポンドを支払う。フラッシュは禁止されている。

飛行機でアスワンへ移動し、アスワン・ハイ・ダムへ行く。途中、サハラ砂漠の美しい砂をどうぞ、と言われ、掬って袋に入れる。黄粉に似た色で、さらさらで余りに細かいので掬うかたわらこぼれてしまう。口に入れたら甘く溶けていくような感触である。自然の妙に今さらのように感心した。

「切りかけのオベリスク」は、まさに切りかけで放ってある巨大な石柱という感じである。現存するオベリスクの中では最大のものと言われ、長さ四十二メートル、基底部が四メートル四方あると言う。切り出し中に亀裂が生じたので、放棄されたとのことである。ガイドの説明では、まず小さな鏨を入れ、そこに木を差し込み、木をしめらせてその膨張力で石を切ったということだが、そんなことで花崗斑岩が切れるものだろうかと疑問に思った。しかし、機械力のなかった時代背景を考えればあり得ることかもしれない。

次の日は、アスワンからルクソールへ飛んだ。缶入りのジュースは大丈夫と聞いたので、機中で飲んだのがいけなかった。胃がもたれ腹痛が襲う。気分の悪さに耐えながら、王家の谷、ハトシェプスト神殿、ルクソール神殿、カルナック神殿を回る。

王家の谷では四つの墓を観たが、ツタンカーメン王の墓に感動した。他の墓はすべて盗掘され、王のミイラも副葬品もないが、ツタンカーメン王の墓だけは、泥棒に荒らされなかったのである。もっとも、墓には金棺に入ったミイラと石棺のみ残されているだけで、財宝は考古学博物館に収められているし、ミイラが見られるわけではない。わたしが感動したのは、ツタンカーメンの墓が盗掘を免れた理由である。ツタンカーメンは、自分の墓の上をゴミ捨て場にするように命じたという。少年王の深い洞察力と先見の明を備えた英邁さに感銘を受けたのである。

ハトシェプスト葬祭殿は、ハトシェプスト女王が建てたものである。しかし、政権を奪われた義理の息子のトトメス三世が、王座を奪回した後、ハトシェプスト女王の痕跡を抹殺してしまったので、葬祭殿には女王の像も肖像画も、その片鱗すら見つけることはできなかった。時代を超え、国を超えて普遍的な人間の情念というものを見せつけられた思いであった。

この日はまた殊の外暑く、戸外の気温は五十五度あったという。胃痛と腹痛に襲われながら、無言でひたすら歩き、聞き、観るだけだった。余分の動きは、暑さを強めるように思われた。苦しくても観光をやめるわけにはいかなかった。もう二度と来ることはないだろうと思ったからである。わたしと同じように、体調をこわしている人が他に三人いた。次はわたしかも知れないという思いが誰にもあったので、みんな飲食物に気をつけていた。

昼食にエジプト名物の鳩の丸焼きが出た。食欲がないので一口だけ食べてみたが、ちょうどかすみ網で密猟される野鳥に似た味だった。健康な時だったら、さぞかし美味しいだろうと思い、残念だった。サラダならば少しは食べられそうに思ったが、禁止されているので、全員が手付かずで返した。ずいぶん食べ物を無駄にしているツアーだと思い、心がちくちく痛む。サラダは要らないとガイドさんが言ってくれたらいいのにと考えたりする。

日中の暑さを避けて、ホテルでしばらく休んでから、ルクソール神殿とカルナック神殿を観る。ピラミッドが造られ、盗掘された古王国の時代の轍を踏まないように新王国のファラオたちは、葬儀を行う葬祭殿と墓地とを分離させた。それとともに、神々を祀る神殿を造営した。それにしても、これだけ巨大な石造建築を造るためには、おびただしい数の人力が必要だったと考えられる。苦役に対する報酬として、小麦や野菜などの現物が支給されたという。

帰途、エジプトの名産品である金細工の店へ寄り、ホテルへ帰ったのは、九時を過ぎていた。ひどい下痢症状で疲弊し切っていたわたしは、食事も摂らず寝てしまった。

五日目は、カイロ経由でアテネへ向かう空の旅である。昼食は弁当だということで期待していたが、それは大きな紙の箱に入っていた。開けてみて、量の多いのに驚いた。こぶし大のパンが四つ、バナナ一本、トマト一個、焼肉、ジュースの缶一本という内容である。下痢はだいぶ治まっていたが、トマトや缶ジュースは怖いし、パンも全部は食べられないし、箱の持ち運びにも困ったので、連れと相談して、食べられる分だけ袋に入れ替えて、残りは箱ごと捨てることにした。ごみ箱を探してあたりを見回していると、老女が近付いて来て受け取ってくれた。どうするかと見ていたら、二つの箱の中身だけ自分の袋に入れて、空箱を近くのごみ箱に捨てたのである。恥ずかしそうな様子は全然ない。否、むしろ恥ずかしいのは、食べ物を捨てる日本人だと思っていたにちがいない。全くその通りだとわたし自身も思った。

飛行便の都合で、ギリシャに二日滞在して、またカイロに戻ったのであるが、カイロ行きの飛行機が一時間以上遅れたのには閉口した。ガイドの話でエジプト航空は時間が守られないことは知っていた。イッシ・アーラー（神の思し召しのままに）というのが、信仰の篤いエジプト人の行動規範だそうだ。日本ではとても考えられないことである。

宿のカイロ・ラムセス・ヒルトン・ホテルの前までやっと着いたと思ったら、また一頓挫、狭い道路の両側に駐車してあるために、バスが通れないのである。そこへ、また対向車がやって来る。日本だったら、駐車禁止と一方通行の立札を当然置くべき道幅である。エジプトに着くや否や体調をこわした同行の一人が、「エジプトの政治は一体どうなってるの。飲料水対策をまずするべきよ」と、憤慨していたのを思い出し、わたしも、「エジプトの交通対策はどうなってるの」と叫びたくなった。ホテルの部屋に入ったのは夜中の十二時だった。

エジプト最後の観光は、カイロの考古学博物館である。ここの圧巻は、ツタンカーメン王の墓の出土品とラムセス二世のミイラである。二十歳そこそこで夭折したツタンカーメン王のミイラを納めた棺は、更に何重もの棺で覆われていたのだが、金や宝石がちりばめられたそれらの棺が、覆っていた順番に展示されていた。写真で見たことのある黄金のマスクは、実物を目のあたりにした感動はあったが、それにもまして度肝をぬかれたのは、コンドームが展示してあったことである。それは、若くして亡くなった王があの世で使うようにと、ミイラに添えられたものだと言う。

ラムセス二世は、建築王とも征服王とも言われ、二百人の子どもをもうけた精力家でもあった。エジプトの至る所で目にする彼の像は、眉目秀麗、威風堂々の美丈夫である。しかし、目前にした彼のミイラは、九十余歳を生きた年齢を思えば当然のことながら、白髪をわずかにとどめた老人のものであった。ただ、すじの通った高い鼻梁にプライドの片鱗と品のよさがうかがわれた。わずか開いた歯の隙間から、老いをさらし続けなければならない無念の呟きが聞こえたような気がした。

表面だけ撫でたようなツアーではよく分からないが、神である王のために造った巨大で華麗な石造建築物から推測すると、エジプト人が信仰心の篤い、エネルギッシュな民族であることだけは、間違いなさそうである。しかし、そのことと、目のあたりにした裸足の子供たち、物乞いをするチャドルの女、不衛生な水、無規制な交通事情等との大きい落差は一体何なのだろう。この落差を、エジプトはこれから埋めていくのであろうか。

台北の熱い風

五、六年前、ロシアへ旅した際、一人の台湾の女性と列車に乗り合わせたことがある。日本人と名乗った私に大層友好的に接してくれたことが印象に残り、台湾に対して特別な感慨を抱いていた。他のアジアの国の多くは未だ日本に対して拘《こだわ》りを持っている現状を思うと、日本の台湾での統治は迫害的なものではなかったのだと今さらながら思い至ったのである。と、同時に、自分が日本と台湾の交流の歴史について無知であったと反省し、台湾に出発する前に、同国について調べてみた。

――一八九四年に始まった日清戦争の結果、一年後に台湾は中華民国から日本に割譲され、以後日本による統治が続いた。日本は行政の中心を台北に置き、総督府を設け、近代建築や鉄道、上下水道の整備等の近代化を進めた。第二次世界大戦後、日本統治から中華民国へ返還された。台湾人は祖国復帰と喜んだが、共産党に追われた蒋介石率いる国民党が台湾へ逃れ、政治・経済を掌握した。一九四七年の二・二八事件をきっかけに反政府運動が勃発し、戦前から台湾に住む本省人と後から入ってきた外省人の対立が続いた末、内外の圧力と民主化運動の高揚もあって国民党による挙国体制は瓦解した。

現在では、世界一の高さを誇るビル101（イチマルイチ）をはじめ、高層ビルが林立し、国際都市として発展がめざましい――

日本統治下で日本語を学んだ台湾の人々は、戦後も短歌に親しみ、今なお多くの歌人がおり、その作品が『台湾万葉集』に結実していることは、夙《つと》に知られているところである。

中部日本歌人会は、中部三県を擁する超結社の歌人団体であり、結成後半世紀を経て会の新しい可能性を拓くべく、台湾の歌人を親善訪問することになったのである。会員有志による総勢二十一名のツアーであった。というわけで、訪台の目的は台湾歌人との交流と友好であるが、吟行会と観光も含まれている。

観光で印象に残ったのは、前述したビル台北101、龍山寺・忠烈祠・故宮博物院であった。台北101は五〇八メートル、一〇一階で、世界一の高さを誇る。外観はアジアらしい竹の形をしており、九〇階まで三八秒で昇る。地下一階から地上五階は、ショッピングモールとなり、八九階には屋内展望台、九一階には屋外展望台がある。

龍山寺は、一七三八年に創建された台北で最も古い寺院、観音菩薩・普賢菩薩・文殊菩薩等を祭る。参詣者は熱心に経を唱え、長く祈り、信仰の篤さを物語っている。驚いたのは供物である。鍋ごとの料理や大きい果物籠など豪華な物が供えられており、聞くところによると、台湾では供物は全部供えた人が持ち帰るのである。この風習には仰天した。仏の加護が供物にも宿り、それを頂くことにより加護を享《う》けるという教義なのであろうか。

忠烈祠は、紫禁城太和殿を模した豪華な大殿で、英霊を祭っている。正門と大殿正面に各二名の衛兵が立ち、毎時〇〇分に衛兵の交替式が行われる。それを見るために観光バスが続々と到着し、観光客で溢れている。

交替式は、白金色の帽子を冠り、グレーの制服を着た五名の衛兵により行われる。行進も銃の上げ下ろしも一糸乱れず整然と挙行される。衛兵は陸海空軍から選び抜かれたエリート、身長一八〇センチメートル以上、細身で頭が小さく、容姿端麗が条件という。あまりのかっこよさに思わずついていって、一行にはぐれそうになってしまった。

正門に立つ二名の衛兵は、銃を立てて直立不動、向けられるカメラにも眉一つ動かさない。全くの無表情である。年齢は二〇歳内外だが、とても若く見え、まるで少年のようであった。かっこいいと言ったが、それは容姿端麗だけではない。そこには、近頃の日本の若者には見られない信念に裏打ちされたひたむきな真摯さがあるように思われたのである。

故宮博物院は余りにも有名で、今さら説明するまでもないが、調べたところによると、つぎのように書かれている。

――北京の紫禁城や南京の中央博物院に所蔵されていた歴代中国皇帝の収集した所蔵物など国宝級の精品、約六十六万点が収蔵されている。近代中国の戦禍を避けて、一つも欠かさずに台湾へと移送されてきた――

故宮博物院は、台北の郊外に立つ堂々とした中国宮殿式建築である。世界有数の美術館の御多分にもれず展示物が多く、一部分しか見られなかったことが残念である。

最も驚嘆したのは、親指半分ほどの小さなクルミやオリーブの種などに施された細密な彫刻である。中でも、象牙に彫刻された王侯貴族の豪華なドラゴン船は長さ六センチ、幅二センチ、高さ四センチという小さなものだが、龍のウロコからヒゲの一本まで細密に彫られている。

故宮博物院を代表する「翠玉白菜」の美しさには目を瞠った。翡翠の自然な形と色合いを生かして白菜に彫りあげたものである。大きさは煙草の箱をやや細めにしたぐらいのものである。白から緑に変化する自然な色彩の妙に目を付けて白菜に仕上げた眼力と技に感嘆する。上の方の緑の部分にキリギリスとイナゴを配するという心憎さ、中国の古代の底知れぬ匠の力をまざまざと見せつけられたという思いである。ちなみに、「翠玉白菜」は、清末の光緒帝の后が嫁入り道具として持参したといわれ、白菜は花嫁の汚れのない純潔無垢を、昆虫はその繁殖力から子宝に恵まれることを象徴している。

この故宮博物院の観光と吟行会の折に、台湾歌壇の李錦上《りきんじょう》氏、黄教子《こうのりこ》氏、林聿修《りんいっしゅう》氏がご同行下さった。季錦上氏は元教師、黄教子氏はラジオ局にお勤めである。林聿修氏は、日本で暮らしたことがないのに美しい日本語を話される。三氏とも慎ましく親しみ易い人柄ですっかり魅了されてしまった。

翌日の夜、中華料理店で、台湾歌壇の代表である蔡焜燦《さいこんさん》氏をはじめ、先の三氏との交歓会・吟行詠の入賞発表等を行った。

蔡焜燦氏は、司馬遼太郎の『台湾紀行』に老台北《ラオタイペイ》という現地案内役として登場し、大の愛日家として知られている。また、李登輝前総統の友人でもあり、『台湾人と日本精神』という著書を著した人でもある。

四氏とも気さくな人柄のせいなのか、短歌を愛する心のつながりのせいなのか、異国人であることを私はすっかり忘れてしまった。会は、自己紹介や台湾歌壇の現況、戦時の苦労話なども交えて和気藹々の内に進んだ。バスで帰る私たちの姿が見えなくなるまで、手を振って送って下さったことが忘れられない。

次は四氏の最近作である。

古里の山麗しと口ずさむわが目癒えたりわが目癒えたり　蔡焜燦

あたたかき南の冬に馴染みつつときに風花舞ふ空を恋ふ　黄教子

密やかに祖母が吾の手に握らせし一銭銅貨の幼な日恋し　季錦上

二十余とせ経し旅の日の還るごとカレンダーに見る銀閣寺紅葉　林修

ここに二冊の歌誌がある。訪台の折に頂いた『台湾歌壇』第八集と拙著『永遠《とわ》の伝言』を贈った際送られてきた同第九集である。どちらも一七〇頁余、会員七〇余名、写真も多く掲載されている。第九集が送られてきた際、黄教子氏の手紙が入っていた。それには次のように書かれていた。

「年を重ねながらも、命の限り短歌を詠み続けていこうと励まし合いながら歩んでおります。今後ともどうか台湾歌壇をお見守りくださいませ」

『台湾歌壇』第九集は、前身『台北歌壇』創立四〇周年にあたり、呉建堂創刊一四五輯となっている。他にも『台北短歌集』第二三冊目が刊行され、台湾で短歌は営々として詠み継がれてきた。また、日本の歌誌に所属して作品を発表している人、日本の結社と緊密に交流している歌人等、短歌に対する情熱には並々ならぬものがある。

占領国の伝統詩に対するこれほどの愛着は一体どこからきているのだろう。

『「台湾万葉集」物語』を繙くと、著者孤蓬万里氏（本名、呉建堂）は次のように述べている。

「一個人にとって幼少の頃に覚えた言語は、その思想形成にあって最も影響が大きい。台湾人で現在還暦以上の人たちにとって、日本語は、一生の中で最も自分の情操生活に寄与する言葉になってしまっている。二十代前後になってから学んだ中国語は、どうしても文学的素養となるには質量ともに不足である。……一九五五年頃から、文学に国境はない、という言葉を楯にとり、短い一生のこと、今さら中国文学に分け入って苦労を重ねるよりは、外国文学として日本文学をやっていくに如かず、といった気風が生まれてきた。小説・戯曲に取り組む者もあったが、手っ取り早くアマチュアとしてもやれる短文芸に目がつけられる。短歌・俳句・川柳などの発表の場を求め出し、日本に引揚げた恩師や友人をつてに台湾ゆかりの結社に入り、あるいは大衆雑誌や新聞の文芸欄に投稿したりしだした」

また、万葉学者の犬飼孝氏、台北の教師だった川見駒太郎氏等の指導も短歌の興隆に寄与したことであろう。

『台湾歌壇』の作品は、日常詠が多い。しかし、後の二首のような戦争の傷跡を残す歌も中にはある。

生きてゐるだけで幸せ笑みたらば尚更うれし病夫《つま》みとる日日　游細幼

牛の背に振り分け積める刈り草に蛍またたくたそがれの帰途　蔡西川

鳴沙山を裸足で登る十三夜瓶の破片に光る風紋　林蘇綿

輸送船が戦時通りし海だぞとバシー海峡を子らに指さす　林百合

戦ひの残してくれた一冊の軍歌うたひて遠き日思ふ　鄭昌

思うに台湾歌壇の目下の課題は、若い歌人を育てることであろう。台湾の歌人の平均年齢が八十歳という現状であれば、台湾短歌が滅びる日が来ることも想定しなければならない。外国の言語であるだけに至難の業であるが、たとえ少数であっても、台湾短歌が若い世代に読み継がれてゆくことを祈るばかりである。

吟行詠　十首

雲踏みてのぞむ下界は夜景なりしばし天女となりたる眩暈

銃剣をささげて半時不動なる衛兵いまだ少年のごと

忠誠の心あつきか衛兵のさざめく客に向ける無表情

キリギリス・イナゴ止まらす　翠玉を白菜とせし鑿は遊びて

つややけき白菜採り頃と思えるに睦まじくいるイナゴ・キリギリス

蘭亭より下りくる路の王義之像ガチョウを乞うて書を差し出だす

大陸に背を向けて建つ慰霊碑を楯とし詠ます黄教子氏は

台北の店の雑誌に雅子妃笑み王朝的囚徒と副題のあり

訥々と日本語話す季錦上氏大和言葉を美《は》しと詠ませり

蒋公の病中の書の線の震え痛ましけれど威風堂堂

鯒《こち》とリョウブとカステラ

最近魚市場でもスーパーでも鯒《こち》という魚を見かけない。近海の砂泥の底に住む魚であるが、めったにお目にかかれない。何故鯒にこだわるかというと、忘れられない思い出があるからである。

先の太平洋戦争真っ只中に田舎で育った私は魚というものをあまり食べたことがなかった。たまに村の八百屋で母が買ってくる魚といえば塩のしっかり利いた硬い秋刀魚ぐらいのものである。それを三つに切り、その小さい一切れを大切に、骨をしゃぶるようにして食べた。それほど魚が貴重だったのである。

生家は旧家で、山林、田畑を含め、土地は多くあり、小作人にも貸していたほどだから、野菜は豊富にあった。屋敷内に果樹も多く、柿、無花果《いちじく》、梨、棗《なつめ》、ユスラウメなどの果物には恵まれていた。

しかし、蛋白源といえば飼っている鶏と鶏卵が主であり、牛肉や豚肉などめったに口に入らなかった。そんな暮らしの中でのある日、鯒や鰯、その他の雑魚が届けられたのである。

祖父母は毎年白骨温泉へ療養に行っていたが、そこで蒲郡の漁師のKさんと知り合いになり、その人から送られてきたのであった。

砂糖などない時代で、鯒は醤油で煮ただけのものであったが、締まった白身の肉は程よい弾力性があり、もちもちした舌触りはそれまで味わったことがないほど美味しいものであった。魚ってこんなに美味しいものなのかと感動した。塩辛い硬い秋刀魚《さんま》や鰯しか味わったことのない口にはまったく別物に思われた。

あれから六十余年経ったが、今でも魚市場へ行くと鯒を探す癖がある。しかし、残念なことに鯒にお目にかかることは出来ない。


戦時中、我が家では一町に近い田を作っていても、白米のご飯が食べられなかった。村中の農家がそうであった。聞くところによると、当時の村長が規定以上の米の供出を引き受け、村民に多くの供出を課したためだということである。

ご飯の量を増やすために入れたのが大根であったり、さつまいもであったり、リョウブであったりする。

大根はささがいたり千切りにしたりして入れる。さつまいもはさいの目に切って入れる。リョウブは若芽を切って入れる。

一番まずいのがリョウブであった。

事典で調べると、リョウブは日本全土、朝鮮半島に分布し、山林に生える落葉の小高木で、幼芽は食べられる、とあるが、美味しいものではなかった。葉には毛が生えており、小さく切っても、上顎にくっつき、食べにくかった。硬かった葉は推測すると、幼芽ではなく成葉ではなかったかと思うのである。

大根飯、さつまいも飯、リョウブ飯、どれも不味かった少女時代の体験がトラウマとなり、私は具の入ったご飯があまり好きではない。昔、満足に食べられなかった白いご飯が最も好きである。何々ご飯と呼ばれるものをご馳走だとはどうしても思えない。茶碗に盛られた白いご飯こそ一番のご馳走であり、最も尊いものだと思う。

父方の仙三叔父が、癌で亡くなったのは昨年の秋である。満七十九歳であった。

葬儀の日、霊前で合掌瞑目し、遺影の叔父に心の中で礼を述べた。

「昔、作って下さったカステラとても美味しかった。ありがとう」

戦争が終った昭和二十年の秋、兵役についていたが内地にいた仙三叔父は、我が家の男の中で一番早く復員して来た。そして、美味しいおやつに飢えていた妹や姪、甥にカステラを作ってくれたのである。妹は十二歳、姪の私は八歳、甥は六歳だった。器具は、板で箱を作り電線を通したもので、電気の熱で焼いたのである。

農家で小麦は作っていたので、それを農協で小麦粉に代えてもらうことが出来た。鶏を飼っていたので、鶏卵はあった。当時砂糖は手に入らなかったから、多分砂糖は入っていなかったように思う。

器具を作り、小麦粉と卵と水を混ぜたものをその中に流し込む叔父の手元を食い込むような眼差しで三人の子供は見つめていた。やがて、美味しい匂いがして焼けてくる。食べ盛りの子供たちにとって叔父はその時神様であった。

そのカステラの美味しさは格別であった。こんなハイカラな美味しいものを作るなんて凄いと思ったものである。子供にとっては魔法のように思えたのである。

仙三叔父は父の三番目の弟であり、独学で夜間の工業高校を卒業した人である。頭脳明晰で手先の器用な人であるから、このぐらいのことは容易だったかもしれない。

兎にも角にも田舎の子供にとっては、滅多に口にすることのできない貴重な洋風のおやつであった。

鯒の煮付けにしろ、このカステラにしろ、今食べたら、それほど美味しいとは多分思わないであろう。現代社会のグルメに慣れてしまった味覚は、もう昔の素朴な味覚を失ってしまっている。それが幸せなことなのか、不幸なことなのかは分らない。

シンモコ

岐阜県の南部にある瑞浪市の稲津町が私のふるさとである。一九五四年に町になったが、それ以前は土岐郡稲津村であった。面積は約二十一平方キロメートル、人口は四〇九五人の山村である。主な産業は農業と陶業である。いわゆる東濃と言われる所でこの辺りは陶器の原料になる土に恵まれており、陶器作りが盛んであった。しかし、戦後の最盛期を境に寂れはじめ、陶器を焼く窯焼き業が下火になると同時に、田畑の中に家がどんどん建ち始め変貌しつつある。

町の真ん中を小里《おり》川が流れている。この川はむかしは水が白かった。陶器作りの段階で出来る汚水を流していたからである。陶業が衰退し、汚れた水を流さないという産業上の規制もあり、川の水がきれいになっている。

さて、稲津町が最も誇れるものは何かというと、小里城である。今は石垣しか残っていないが、一五三四年に建てられた山城である。築城主は小里光定で、城主は小里氏から池田氏、森氏へと変わっている。織田信長も改修者の一人になっている。この石垣は岐阜県の重要文化財に指定されている。若い頃登ったことがあるが、獣道と言っていいほどの狭い曲がりくねった路で整備されているとは言い難い。

次に稲津が誇れるものは初午祭りである。正式には小里荷機稲荷神社初午祭りという。昔は三月の初午の日に行われたが、今は三月の第一日曜に行われる。今は寂れたが、昔は華やかだった。馬場があり競馬が行われた。朝から馬主に曳かれた馬が鞍を飾って村道をポッカポッカと歩く姿はいやがうえにも気分を盛り立てた。優勝した馬が錦糸の刺繡入りのきらびやかな優勝旗を掲げて歩く姿は目を見張るばかりの雄姿だった。しかし、先の戦争が厳しい戦況を迎えると共に競馬が消え、一時競輪も行われたがそれもなくなった。出店も減ったが、その代わり、餅投げが行われるようになった。また、陶業が盛んだったころに奉納された陶器の皿は直径が一メートル以上ある。

盛んだった窯焼き業がすたれ人家が増えていく現在のふるさとより自分が育った頃のふるさとの方に愛着があるのは当然であるが、私の心に鮮明に残り、懐かしさを呼び起こさせる行事にシンモコがある。

シンモコは方言で葬式のことである。祖父や祖母がよく使っていた。現在は地元でも若い人は知らない言葉である。

シンモコは悲しいはずの葬式なのに、子供には華やかな行事で楽しい見ものだった。小学生の年齢では、葬式の悲劇性は分からない。黒い着物や洋服を着た人々がいろいろの物を持って、葬式を出す家の前に並ぶ。造花で飾られた籠を載せる長い竿を持つ人、位牌を持つ人、写真を持つ人、黒衣で覆われた棺をかつぐ男たち、その後ろにきれいな生花や造花を持つ人々が続く。行列が整うと、歩き始める前に長い竿が振られて籠から色紙に包まれたものが降ってくる。中には一銭、十銭、一円、五円などの硬貨が包まれており、子供たちは我先にそれを拾うのである。故人が遺した金銭である。それが終わると、行列は歩き始める。お墓は大抵山の麓や林の中にあり、そこまで葬列は続く。子供たちも後ろをついて行く。

墓地には大きい穴が掘られていてそこに棺が納められる。位牌や写真、花などが置かれて僧侶のお経が始まる。最後に僧侶が大声でカーッと叫ぶとびっくりする。それから参列の人々が香を焚き手を合わせる。それが済むと、シンモコは終わりである。

シンモコの一部始終を見守るのに夢中で、辺りに彼岸花が咲いていたのか、ゴンギツネが見物していたのかは定かではない。

その夜、家族からきまって尋ねられたものである。

「柴田のばあちゃんからいくらもらったの?」

拾ったお金を見せると、

「だいじに使わんといかんよ。無駄遣いするとばあちゃんが化けてでるよ」

と釘をさされたものである。

米国学校教育体験ツアー

一九八八年、昭和六十三年、米国学校教育体験ツアーに参加した。参加者は十名、全員教員である。滞在地はワシントン州シアトルである。教師歴三十年近くになろうとして他国の学校教育に興味関心を抱いた。学校教育に対して疑問に思うことや矛盾を感じることも多かった。大学で英語を専攻して、岐阜県の中学校で三年英語を教えた体験もあり、英会話も少しは出来るのでアメリカが目標だった。

以下、滞米中の体験を日記を追って述べることにする。

三月二三日

バスで観光。ボーイング社訪問。

・道路が大そう広い、先進国らしい。

・ボーイング社の大きさに驚かされた。敷地も工場もエレベーターも。階上から見ると、工場の中を走る自転車の人が蟻のように見えた。

三月二四日

Chinook Middle School 訪問。

・校長も先生方も歓迎してくれ、親切だ。〝Welcom to Chinook,Ms Ogawa〟の大きな貼紙が玄関と廊下に掲示されていた。

・建物は全部一階建て。日本のような大きいグランドがないのに気づく。プールもない。

・教室は広く、黒板も大きい。職員室がないので、教師の持ち物等が教室の隅に置いてある。二教室に隣接して小さい部屋があり、教材や紙などが入れてある。どの教室にもO・H・Pがすぐ使えるようセットされている。

・生徒は私服で、かばんも各々に自由なものを持っている。ピアスをしたり、時計をはめたり、チューインガムをかんだり、自由過ぎるほど自由である。

・授業の前に国旗に対して誓いの言葉を斉唱するのが興味深かった。一クラスの人数が少ない。二五人から三〇人くらいである。

・放課後ワシントン大学の博物館へ先生の一人が連れて行ってくれた。いろいろな種類のアメリカインディアンの生活の様子や道具が展示してあった。その後すし屋へ行く。板前は日本人で、美味しいおすしだった。帰りにマーケットに寄る。冷凍食品の陳列棚の大きさに驚く。五、六間ある。冷凍食品が普及しているのだろうか。道路にダンスのステップが描いてあるのがおもしろかった。

三月二五日
Chinook Middle School,Enatai Elementary School,Tyee Middle School 訪問。
・二クラスで折り鶴を教える。大体の子が上手に作った。
・Enatai 小学校で三年生の授業を見る。小学生の学習態度は、日本によく似ていて真剣で規則正しい。教生がいて、三ヶ月間勉強していると言う。日本より長い期間である。体育館へ行き、高校生の寸劇を見る。高校生が訪問して、低学年の子に、ふだん着で短い劇を上演して見せたのである。ビデオ撮りをしているところアメリカらしい。教室に俳句が葉書き大の紙に書かれて掲示してあった。担任の三十代の教師は親日家らしい。
・Tyee 中学では、多くの生徒が中世のコスチュームをつけ、演劇を見せていた。教師も仮装しているのが日本と違うところだと思った。

三月二六日
・Roozen Gaarde というフラワーセンターへ行く。見渡す限りのチューリップ畑と水仙の野原である。規模の大きさはさすがアメリカである。
・デパートへ行く。マネキンだと思ったら、本当の生きている女性が立っているのには驚く。微動だにせずポーズをとっている。辛い仕事だろう。

三月二八日

Chinook School,Nursing Home 訪問。 Seattle Symphony へ。

・コンピューターの授業があるのに驚く。そういえば、どの教室にもコンピューターが一台ずつ備えてある。

・Chinook では、ランチは多くのメニューから好きな物を選んで買い、ランチルームで食べる。日本のように好き嫌いにかかわらず画一的な物を半強制的に食べさせるのとは大分違う。自由主義の国らしい。生徒が学校へお金を持って来ても別に問題はないと、教師は言っていた。

・簡単な日本語と日本の名所について話す。質問攻めにあう。

・Host family の母親の見舞いに Nursing Home へ行く。明るくて清潔な建物であり、老人ホームの暗いイメージはない。食事のメニューも豪華である。一ヶ月二千五百ドル要るそうである。アメリカでは、金持ちは Nursing Home へ行き、それより貧しい人は国が補助し、もっと貧しい人は家庭で世話をすると family の主人が話してくれた。一人の老人がベッドに寝たまま声を上げて泣き叫んでいた光景は忘れられない。

・夜、Seattle Symphony へ行く。客が殆んど夫婦単位であるのも日本と違うところだ。

三月二九日

Chinook School,Clyde Hill Elementary School 訪問。ホテルでさよならパーティー。

・簡単な日本語の授業をする。あいさつと身の回りの単語。
・Chinook には九人の日本人生徒がおり、彼らと話す。日本の学校の方がいいと言う子が一人、四人はアメリカがいいと言った。他は無答。日本の学校がいいと言う子の第一の理由は、毎日時間割が違い、変化があると言う。Chinook では毎日時間割が同じである。
・Clyde Hill 小学校では、三年生でコンピューターの模型を使いキーを打つ練習をしていた。ある教室では、外国人の生徒のため機器を使って英語を教えており、メキシコ人や中国人、日本人など低学年らしい子が昼食の代金を忘れたと言って Office へお金を借りに来ていた。どの生徒が英語を勉強していた。多種民族国のアメリカらしい点である。一教室に、ニグロ、メキシコ人、韓国人、中国人、日本人など数か国の生徒が交じっているのは珍しくない（どの学校でも）。
・Chinook で meeting（職員会）があり、簡単なお別れの挨拶をする。"Seattle" という大きい写真入りの本をプレゼントされた。meeting では校長が司会をする。日本ではあり得ないことだ。
・ホテルで会食後、Host family に誘われて知人の誕生パーティーに行く。そこで、日本で外国人は家や土地を買うことが出来るか、夫のない女性（日本人の）が家や土地を買うことが出来るか、という質問を受けた。日本では親戚を招いて食事をするが、外国人を呼ぶことはないだろうなどと、日本人をかなり閉鎖的な民族と考えているらしい質問や話を聞いた。

その他総括的な感想

・アメリカの男性は女性に対して大そう親切である。献身的に尽くしている。それなのに離婚率は四割という高さである。離婚の主な原因は何なのか、知りたいところである。

・アメリカの家庭ではラウンドリが普及しており、洗濯物を外に干すということはない。また、セントラルヒーティングがあり、屋内はとても暖かい。学校も同じである。日本と大きな違い。

・アメリカでは、朝食が簡単である。牛乳をかけたコーンフレークか、オートミール、トーストにコーヒーがつくぐらいである。コーヒーは、日本のお茶のようにいつも飲む。アメリカ人の味覚は日本人のように細やかではない。

・アメリカの教師は日本ほど多忙ではない。Chinookでは、朝は八時始業だが、午後は二時四〇分頃には仕事が終わり、帰宅できる。放課後部活動を指導する日本の教師とはずいぶん違う。生徒は清掃をしない。また、土曜、日曜の週休二日制である。報酬は日本より安いようであり、ボーナスは出ない。アメリカでは、ボーナスを出す会社は少ない、ということである。教師の社会的地位は低く見なされている。

・アメリカの学校は非常に自由である。国民性や国情の違いもあり、一概には言えないが日本の学校は余りにも厳しすぎるのではないだろうか。なくても良いきまりに縛られ過ぎているのではないか。校則の見直しをする必要がありそうだ。日本人は統一を好み、アメリカ人は統一を嫌い、自由を尊ぶ。自由を好み個性を尊ぶアメリカの気風が随所に見られ、日本と比べて考えさせられることが多かった。

・教師が年休を取ると、先生の代理をかかえている組織があり、そこから代わりの先生が派遣される、というのも日本と随分違う点である。

・一クラスの人数が二五人から三〇人という少なさに驚く。日本では、私の体験では三五人以上四〇人位の生徒数である。

・生徒は教室やトイレ等の清掃をしない点は大きい驚きである。清掃は専門業者に任されている。清掃指導、給食指導不要で教師の負担が軽い。

・Host family も先生たちも見知らぬ日本の女性に対して大そう親切であった。感激である。

・教育事情は国の歴史、政治、経済、国民性等によってそれぞれ異なるが、子供を中心に考え教育上評価すべき点は採り入れ、悪い慣習や制度は改革すべきだと思ったことである。

あとがき

高校二年から短歌を作り始めて以来、長く短歌に携わってきた。短歌は詩的衝迫や感動を盛るのに適した詩型である一方、定型に収めるのに窮屈な思いをするのは今に始まったことではない。書きたいことを表現するためには制約を受けない小説やエッセイ等の散文がふさわしいと思い、小説を学ぶことを思い立った。

爾来、二十年ほど中日文化センターの小説教室で戸田鎭子先生、朝日カルチャーセンターの純文章教室の清水良典先生に懇切丁寧なご指導をいただいた。両先生に感謝申し上げたい。また、純文章教室の生徒の皆さんには共によい勉強をさせていただいた。お礼の言葉もない。風媒社の劉永昇編集長には、特にご尽力いただきありがとうございました。

私の作品の多くは昭和が舞台である。激動の昭和は、私の青春時代、熟年時代の住処であった。愛着と愛惜の所以である。田舎の片隅で名も無く慎ましく生きて去っていった人々への愛惜の思いを綴ったと言えよう。

本書のエッセイの最後に載せた学校教育体験ツアーの記録は全体から見ると異色の

感もあるが、教職生活の忘れられない大きい体験なので添えることにした。未熟な作品ばかりであるが、書きたいことを書いたという充足の思いが今の私にはある。今後はもっと長い小説に挑戦したいと考えている。読者の皆様のご批評を乞う。

二〇二一年　夏

小川玲

初出一覧

「遺影」	春日井ペングループ「波」32号	２００６年３月
「初午祭り」	春日井ペングループ「波」27号	２００１年２月
	春日井ペングループ「波」28号	２００２年２月
「盂蘭盆会」	春日井ペングループ「波」39号	２０１３年３月
「笹百合」	春日井ペングループ「波」26号	２０００年３月
「柚子の花」	春日井ペングループ「波」46号	２０２０年３月
「紀和の戦争」	春日井ペングループ「波」45号	２０１９年３月
「老農婦「お千代さ」」	春日井ペングループ「波」40号	２０１４年３月
「たぬき」	春日井ペングループ「波」25号	１９９９年３月
「年齢」	春日井ペングループ「波」41号	２０１５年３月
「女教師」	春日井ペングループ「波」45号	２０１９年３月
「防人物語」	春日井ペングループ「波」42号	２０１６年３月
「「イエスタデイ」は好きですか」	春日井ペングループ「波」44号	２０１８年３月
「師範出のバリバリ」	春日井ペングループ「波」43号	２０１７年３月
「片割れイヤリング」	春日井ペングループ「波」37号	２０１１年３月
「雉子」	「文章工房」６号	２００７年４月
「華燭」	春日井ペングループ「波」36号	２０１０年３月

「詩歌の物語」	春日井ペングループ「波」33号	2007年3月
「ブラン恋しやホーヤレホ」	春日井ペングループ「波」30号	2004年3月
「黒い宝石」	春日井ペングループ「波」46号	2020年3月
「戦災の記憶」	春日井ペングループ「波」42号	2016年3月
「山間の村に爆弾が」	春日井ペングループ「波」38号	2012年3月
「裂けたスカート」	春日井ペングループ「波」43号	2017年3月
「エジプト旅行記」	春日井ペングループ「波」29号	2003年3月
「台北の熱い風」	「文章工房」9号	2009年10月
「鯒とリョウブとカステラ」	春日井ペングループ「波」35号	2009年3月
「シンモコ」	春日井ペングループ「波」45号	2019年3月

※本書を編むにあたり一部内容を変更しています。

[著者略歴]
小川　玲（おがわ　れい）
岐阜県瑞浪市稲津町に生まれる。金城学院大学卒業。岐阜県の中学校、愛知県春日井市の小学校教諭を歴任。
1999年春日井ペングループ会員、2007年より編集委員（2020年終会）。2009年～2020年、中部ペンクラブ所属。林間短歌会愛知支部代表。塔短歌会会員。中日短歌会会員。春日井市短詩型文学祭短歌の部審査員。
林間賞。春日井市市長賞。中日短歌努力賞。「三岸節子を詠む」優秀賞。第七歌集『歳月へ』自費出版文化賞入選。

装幀◎澤口環

笹百合

2021年11月10日　第1刷発行　（定価はカバーに表示してあります）

著　者　小川　玲
発行者　山口　章

発行所　名古屋市中区大須 1-16-29
振替 00880-5-5616 電話 052-218-7808　風媒社
http://www.fubaisha.com/

＊印刷・製本／モリモト印刷　乱丁本・落丁本はお取り替えいたします。
ISBN978-4-8331-2109-5